치매 환자의 기억은

시간, 장소, 인물 순으로

소멸된다.

KB013472

시간 상실의 1기,

장소 상실의 2기,

인물 상실의 3기, 즉 말기.

1기에 이 글을 쓰기 시작했는데

엄마의 기억은 어느새 말기에 다다랐다.

자신의 삶을 하나둘

잊어 가는 모습을 보며

엄마를 기록하기로 결심했다.

이 책을

세상에서 나와 가장

오랜 인연인

엄마에게 바친다.

다른 건
다 잊어도…

엄마, 나는 잊지 말아요

하윤재

판미동

목차

두 번째
기억 저장소

장소

엄마의 흔적을 찾아서

세 번째
기억 저장소

인물

엄마, 나는 잊지 말아요

서문 |

듣고 보는 이의 관점과 생각에 따라 다를 뿐

시골집 안마당에는 100년 가까이 된 감나무가 우뚝 서 있다. 어릴 적 그 밑에서 뱀과 처음 대면한 후로 나는 그 나무를 두려워했다. 하지만 엄마는 "오래된 나무들은 사람의 생각을 읽을 줄 알아서 주인이 자신을 어떻게 돌보느냐에 따라 매년 맛이 다른 열매를 만들어 낸다."고 말씀하셨다.
매해 겨울이 되면 서울 집 거실에는 그 나무가 잉태한 대봉감이 가득히 놓여 제대로 익어 가는 과정을 온몸으로 보여 주었다. 대봉이 하나둘 익어 홍시가 되면 엄마는 매일 하나씩 나에게 먹였고 한창 인스턴트 간식에 빠져 있던 나는 엄마나 먹으라며 짜증을 냈다. 그럴 때마다 엄마는 자신은 감을 좋아하지 않는다고 단호하게 말했다. 그렇게 오랜 시간 우리 모녀가 신경전을 벌이는 동안, 가을만 되면 언니네 가족과 일가친척들은 엄마의 눈치를 살피며 감을 얻기 위해 줄을 섰다. 배분에 항상 골머리를 앓던 엄마는 자신만의 방식으로 공평하게 감을 나눴다. 물론 감을 싫어하는 엄마는 처음부터 고객 관리 대상에 빠져 있었다.

엄마가 치매에 걸린 후 그 고객 관리를 내가 맡게 됐다. 물론 감을 좋아하지 않는 엄마는 포함되지 않았다. 나는 그 옛날의 엄마처럼 싫어하는 사람에게 억지로 감을 먹게 할 생각이 없었다.

엄마에게 감을 드린 그날 역시 특별한 이유가 있었다기보다는 다른 마땅한 과일이 없었기 때문이었다. 그런데 엄마의 반응은 뜻밖이었다. 감을 좋아하는지 어떻게 알았느냐고 감탄사까지 남발하며 커다란 대봉감을 말끔하게 다 드시는 것이 아닌가?

오래된 나무에서 열리는 감은 한정되어 있고 우리 집에는 입이 많았다. 그러니까 엄마의 취향은, 지금껏 자신의 의지로 후천적으로 결정되어 온 것이었다. 엄마는 치매로 자신의 임무를 잊고서야 당신이 하시고 싶은 대로, 먹고 싶은 대로 행동할 수 있게 되었다.

치매는 이렇듯 환자 본인과 그 가족에게 예상치 못한 상황을 안기기도 한다.
엄마의 행동은 이 세상에서 어느 누구보다 엄마에 대해 잘 안다고 생각했던 나의 오만을 일깨워 주었다. 그렇게 나는 있는 그대로의 엄마와 조금씩 대면하고 있는 중이다. 그토록 두려워하고 증오했던 치매라는 병 앞에서.

엄마는 운이 좋은 사람이라고 주변 사람들은 종종 말한다. 치매 10년 차 환자인 엄마를 놀리려고 하는 말이 아니라는 걸 나는 잘 안다. 엄마보다 훨씬 늦게 치매 판정을 받은 분들이 벌써 자식도 못 알아보시는 걸 볼 때마다 나 또한 정말 엄마가 운이 좋다는 생각이 들기 때문이다.
치매 환자의 상태를 손쉽게 판단하는 데 있어서 시간, 장소, 인물은 중요한 잣대가 된다. 시간 상실이 초기, 장소 상실이 중기, 인물 상실이 말기. 이 기준으로 보면 엄마는 현재 중기에서 말기로 넘어가는 중간 어디쯤 계신 것 같다.

사실 이 책은 누군가에게 보여 주기 위해 쓰기 시작한 글이 아니다. 치매에 걸린 엄마가 자신의 삶을 하나둘 잊어 가는 모습을 지켜보면서 나라도 엄마가 살았던 인생을 어떻게든 기억해야 한다는 의무감에 출발했다. 간혹 몇 장씩 이어지는 기록도 있지만, 대부분 컴퓨터 파일이나 수첩 귀퉁이에 서너 줄로 남겨질 때가 더 많았다. 그러던 어느 날 문득 엄마의 삶이, 우리 모녀가 함께하는 이 과정이, 어쩌면 우리와 같은 처지에 놓여 있는 사람들에게 작은 도움이 될 수도 있겠다는 생각이 들기 시작했다.

얼마 전 한 친구가 자신의 엄마가 아무래도 치매인 것 같다고 두려움에 떨며 나를 찾아 왔다. 친구는 치매 환자인 엄마와 함께 사는 내 일상에 대해 궁금해했다. 나는 말했다.
"팝송 많이 듣지? 팝송 중에는 클럽에서 나올 것만 같은 신나는 노래인데, 정작 가사를 음미해 보면 슬픈 가사가 의외로 많은 거 알아? 그런데 주룩주룩 비오는 날에만 틀어야 할 것 같은 우울한 멜로디인데, 정작 그 내용은 온통 희망으로 가득한 노래도 있거든. 치매도 마찬가지야. 너무 두려워만 하지 않아도 돼!"

나는 치매를 앓고 있는 우리들의 아버지와 어머니 그리고 그 가족의 일상이 그런 팝송 한 곡과 같다고 생각한다. 그 안을 채우고 있는 수많은 희로애락은 여타 우리네 일상과 크게 다르지 않다. 듣고 보는 이의 자세와 관점과 생각에 따라 다르게 보일 뿐.

우리 모녀의 소소한 일상을 담은 이 책이 기대 수명 백 세 시대임에도 불구하고 마냥 행복하지만은 않은 우리 모두에게 작은 희망과 용기를 줄 수 있기를 소망해 본다. 그리고 기억을 잃어 가는 엄마에게 의미 있는 선물이 되길 바란다.

— 하윤재

첫 번째
기억 저장소

시간

봄날은 간다

"참말로 시간이 잘 가네."
언제나 분주하게 움직이며 시간을 채워 갔던 엄마.
하지만 '채움'이 있으면
언젠가는 반드시 '비움'의 시간이 다가온다.

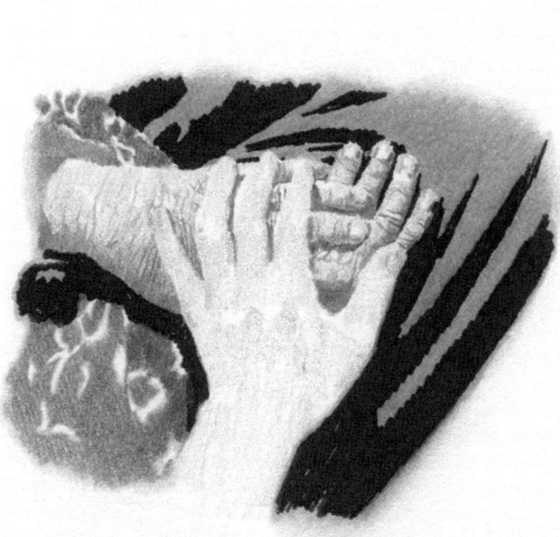

“엄마, 떡국 먹으면 한 살 더 먹는 거야.
그러면 엄마 나이가 몇 살 되는지 알아?”
“하모, 내가 그것도 모를까 봐.
그러니까 오십……하나, 아니 둘……인가?”
“엄마, 내가 마흔이 넘은 지가 언젠데 무슨 오십이야!
엄마는 이제 여든둘이야, 여든둘.”
“참말로? 억수로 많네.
우짜다 내 나이가 그리 됐을꼬?”

나도 궁금하다. 내가 어쩌다 마흔이 넘고,
엄마가 어쩌다 여든이 넘었는지.

2007년 겨울,
첫 번째 진단

"여기, 뇌의 수축 현상이
이미 시작되고 있는 게 보이죠."
그 뒤로 전문 용어가 섞인 말이 이어졌지만
나는 '알츠하이머', '치매'란 말에 온 신경이 쏠려
다른 말은 알아듣지 못했다.

엄마가 환갑을 맞은 해였다. 언젠가부터 엄마는 자꾸만 머리가 깨질듯이 아프다고 했다. 진통제를 챙겨 드리는 횟수가 느는데도 불구하고 차도가 없어서 병원에 가 보는 것이 어떻겠느냐고 엄마에게 권유했다. 엄마는 그 정도는 아니니 약만 조금 먹으면 된다고 버텼다.

초겨울이 코앞으로 다가온 어느 날, 신문에서 겨울이 되면 뇌졸중이 급격히 늘어난다는 기사를 봤다. 특히 작은 박스 안에 있는 글이 눈에 띄었는데, 뇌졸중 증상 다섯 가지 중에서 세 가지 이상 증상을 보이면 바로 병원에 가야 한다는 내용이었다. 나와는 거리가 먼 기사였기에 무심히 지나쳤다. 그로부터 며칠 뒤 엄마가 한쪽 팔이 심하게 저리다며 나에게 안마를 부탁했다. 엄마의 증상을 대수롭지 않게 생각했던 나는 한쪽 손으로 휴대폰을 들여다보며 성의 없는 안마를 시작했다. 엄마는 그런 나에게 휴대폰이건 안마건 한 번에 한 가지 일만 하라며 잔소리를 늘어놓았다. 그런데 엄마의 말투가 조금 이상했다. 치과에서 마취주사를 맞은 것처럼 어눌하고 어색하게 느껴졌던 것이다. 그 순간 며칠 전에 보았던 신문기사가 떠올랐다.

'심한 두통이 지속되고, 팔다리에 마비 증상이 있으며, 말이 어눌하다.'

엄마의 증상 세 가지가 딱 들어맞았다. 나는 안 가겠다는 엄마를 거의 끌고 가다시피 해서 내과로 향했다. 엄마는 감기 환자가 들끓고 있는 병원에 멀쩡한 당신을 끌고 왔다며 투덜댔다. 하지만 180이 넘는 혈압 수치를 보고는 이내 순한 양이 되었다.

그날 이후 엄마는 규칙적으로 혈압 약을 먹기 시작했다. 효녀라는 훈장을 얼떨결에 얻은 나는 날라리 막내딸로 살다가도 겨울만 되면 뇌졸중 증세가 나타나는 건 아닌가 하고 엄마를 유심히 살피곤 했다.

그렇게 10여 년을 효녀라 믿으며 살아온 나에게 일침을 가

한 '신의 한수'가 2007년 내 삶 앞에 펼쳐졌다. 외할머니가 돌아가신 이듬해 겨울, 엄마의 상태를 다른 때보다 조금 더 세밀히 관찰하는 중이었다. 그런 나의 레이더에 엄마의 특기인 나물 무침이 사라지고, 손질이 필요없는 마른 반찬만 올라오는 밥상이 걸려들었다. 가지 무침이나 시금치 나물을 먹고 싶다고 아무리 말씀드려도 도통 그 반찬들이 밥상에 올라오는 법이 없었다. 내 투정에 엄마는 "평생 음식만 차려 댔는데 이제는 하기 싫다."며 대놓고 파업 의사를 비쳤다. 다 맞는 말이었다. 솔직히 일흔한 살은 자식들에게 밥상을 받는 나이지 차려 주는 나이는 아니다. 그런데 아무리 생각해도 이상했다. 엄마는 내가 먹고 싶다는 건 달나라에 가서라도 가져오는 사람이었는데……. 단지 음식이 하기 싫어서 내가 먹고 싶다는 걸 해 주지 않는 게 쉽사리 믿기지 않았다.

나는 마트에서 먹고 싶은 식재료들을 잔뜩 사와서 엄마에게 만들어 달라고 졸랐다. 엄마는 당신이 하지 않으면 음식물 쓰레기가 될 것이 분명한 식자재를 보며 긴 한숨 끝에 요리를 시작했다. 나는 그저 엄마의 요리를 먹을 수 있다는 기쁨에 가득 차 있었다. 그런데 엄마가 만든 나물을 집어 먹는 순간 입안으로 짙은 두려움이 전해져 왔다. 나물 맛이 하나같이 이상했던 것이다. 간이 안 맞았다고 설명하기 어려운 요상한 맛이었다. 엄마 역시 그것을 느꼈는지 밥상을 차려 주고도 내 눈치를 슬금슬금 살폈다.

혹시 엄마가 치매인 건 아닐까?

그날 밤 쉽게 잠이 오지 않았다. 나는 눈뜨자마자 언니들에게 전화를 했다. 언니들은 '음식 솜씨 저하 = 치매'라는 공식을 만들어 낸 내가 아무래도 병인 것 같다며 우려했다. 언니들 말이 백 번, 천 번 맞았지만, 나는 내 직감을 믿는 사람이었다. 나는 엄마를 모시고 치매 검진을 받아 보기로 했다.

동네병원도 아닌 대학병원에는 왜 가느냐며 엄마는 노발대발했다. 엄마는 문밖으로 한 발짝도 움직이려고 하지 않았다. 설득하고, 화내고, 자포자기했다가 다시 설득하는 과정을 거치다 결국 무료 건강검진이라는 말도 안 되는 거짓말을 지어내고서야 병원에 갈 수 있었다.

두 시간 가까운 대기 시간 동안 내가 엄마한테 얼마나 많은 욕을 먹었는지는 이루 다 말할 수 없다. 교수님은 엄마에게 몇 가지 질문을 던지고는 자연스런 노화현상일 가능성이 높지만, 문진검사와 MRI를 찍어 보는 것이 좋겠다고 제안했다. 나는 가슴을 쓸어내렸다. 치매라는 단어가 남발했던 상황 속에 당신을 밀어 넣은 것이 민망했던지 엄마는 오는 내내 역정을 냈다. 그러나 병원을 다시 방문할 때는 처음만큼 크게 저항하지 않고 집을 나섰다. 이유인즉 예약을 잡으며 계산한 돈 안에 MRI와 문진검사료가 모두 포함되어 있다는 것을 엄마가 알고 있었기 때문이다. 당신이 가지 않으면 몇 십만 원을 날린다는 말에 엄마는 쏜살같이 외출 준비를 했다. 자연스러운 노화현상일지도 모른다는 교수님 말씀에 한결 마음이 가벼워진 나는 검사가 끝나면 엄마와 맛있는 밥이나 먹어야겠다고 생각했다. 하지만 엄마가 MRI 기계 앞에서 잔뜩 기가 죽은 채 괴로워하다가 급기야 구토까지 하는 모습을 보자 마음이 무거워졌다. 없던 병도 생기겠다는 엄마의 말이 머리에서 계속 맴돌았다.

검진 결과를 기다리면서 나는 어디서 엄마와 좋은 시간을 보낼까 생각하고 있었다. 그런데 간호사가 엄마는 잠시 밖에서 기다리고 나만 먼저 들어오라고 하는 것이 아닌가? 그 순간 나는 이상 낌새를 감지했다.

교수님이 촬영 결과가 나온 모니터를 가리켰다.

"여기, 뇌의 수축 현상이
이미 시작되고 있는 게 보이죠?"

그 뒤로 전문 용어가 섞인 말들이 이어졌지만 나는 '알츠하이머', '치매'라는 말에 온 신경이 쏠려 다른 말은 알아듣지 못했다.

"그런데 이 정도에서는 두드러진 증상을 보이지 않았을텐데……. 보통은 이 단계를 훨씬 지나서 병원을 찾아오거든요. 어떻게 병원에 모시고 올 생각을 했는지 궁금하네요."

나는 나물 반찬 이야기를 하며 그것은 흡사 하루 종일 컴퓨터 작업을 하는 내가 컴퓨터 전원을 켜지 못하고, 한글 파일을 열지 못하는 것과 같다고 강조했다.

"평생 효도를 이번 한 번에 다한 거라고 생각하세요. 뇌과학 연구소와 우리 병원이 함께 진행 중인 치매치료와 관련한 프로젝트가 있는데, 참여해 보는 게 어때요? 어머님과 같은 초기 환자들이 많이 없어서 서로에게 좋을 것 같은데."

교수님의 친절한 제의도 귀에 들어오지 않았다. 엄마에서 외할머니, 다시 친할머니로 기억이 옮겨 가며 내 얼굴은 점점 핏기가 가시고 있었다.

진료가 끝나고 복도로 나오자마자 눈물이 쏟아졌다. 힐끔거리는 사람들의 시선이 싫어서 엄마를 챙기지도 않은 채 성큼성큼 주차장으로 향했다. 좀 천천히 가자며 힘겹게 따라오는 엄마를 차마 돌아볼 수 없었다. 등지고 서서 엄마를 기다리는 동안 나는 치매를 앓다 돌아가신 친할머니와 외할머니를 원망했다.

'두 분이 치매가 어떤 것임을 역력하게 보여 주고 떠나지만 않았어도 내 마음이 이렇게 절망적이지는 않을 텐데.'

엄마에게 차마 눈물을 보일 수 없어 적당한 거리를 유지하며 주차장으로 걸어갔다. 엄마가 보조석에 동승하자 더 이상 눈물을 숨길 수 없었다. 앞뒤 사정을 알 리 없는 엄마는 갑자기 왜 우느냐며 다그쳐 물었다. 그 말을 기다리기나 한 듯 눈물이 자꾸만 쏟아져 나왔다.

눈물은 '운치'도 없고 '눈치'도 없다. 그런 눈물을 나는 항상 경계하고 싫어했다. 나는 눈물을 극단의 감정이 쏟아 내는 결과물이 아니라, 날 좀 위로해 주고 보듬어 달라는 신호로 생각한 적이 많았다. 나는 다른 생각에 몰입해서라도 어떻게든 눈물을 그치려고 노력했다. 하지만 내 눈치를 살피며 처량하게 앉아 있는 엄마의 모습이 시선에 걸려서 도저히 그 방법이 먹히지 않았다.

나는 혼잡한 대학로 교차로에 막무가내로 차를 정차시킨 후 엄마에게 사이드미러가 안 보이니 뒷자리로 옮겨 타라고 말했다. 물론 거짓말이었다. 엄마는 마음이 불편하던 차에 잘됐다 싶었는지 얼른 뒷자리로 옮겨 탔다. 그 짧은 시간 동안 나는 젊음의 거리에서 인생을 즐기는 사람들을 노려봤다. 그

중에는 하필 연극을 보러 나온 모녀도 있었다. 눈물이 또다시 터졌다.

엄마가 더 이상 참지 못하고 소리쳤다.

"와 자꾸 질질 짜노?"

나는 잔머리를 굴렸다.

"그냥 아까 장례식장을 지나는데 눈물이 나더라고……."

"와, 니가 아는 사람이라도 죽었나? 모르는 사람 죽은 걸 니가 와 우노?"

"그냥 언젠간 엄마도 죽고, 나도 죽을 거라는 생각을 하니까……."

나는 더 이상 말을 잇지 못했다. 그런 나를 보며 혀를 쯧쯧 차며 엄마가 말했다.

"하여튼 예민하기는. 도대체 누굴 닮아서 저렇게 예민할꼬? 쓸데없이 계속 울어라. 확 내려서 지하철 타고 가는 수가 있으니까."

"알았어. 가면 될 거 아니야."

나는 소리쳐 답하고는 다시 출발했다. 마냥 슬픔에 빠져 그 자리에 멈춰 있을 수만은 없었다. 앞으로 닥쳐올 사나운 시간들을 향해 엄마와 나는 천천히 나아가고 있었다.

유통기한 : 2052년 7월 20일

우리는 일상에서 사용하는 모든 것들에
유통기한이라는 안전장치를 만들어 놓았다.
그런데 왜 정작 우리의 마음이 만들어 내는
다양한 생산품들엔 기한을 두지 못하는 것일까?

2006년 6월의 어느 날, 청담동의 한 레스토랑 테라스에서 파스타를 먹고 있었다. 따뜻한 햇살과 적당히 부는 바람, 듣기 좋은 음악, 입안을 감싸는 파스타 맛에 취해 있는데 엄마의 전화가 걸려 왔다. 외할머니가 돌아가셨다고 했다. 엄마는 마치 밥은 먹었느냐는 안부를 묻는 것처럼 일상적으로 이야기했고, 나는 식사를 마치고 곧 출발하겠다는 말로 편안하게 통화를 끝냈다. 나는 밥을 먹던 친구들에게 담담하게 외할머니의 부고를 전했다. 친구들도 아흔이 넘은 외할머니의 죽음에 대해 특별히 놀라운 반응을 보이지는 않았다.

우리는 테라스 너머 사람들의 옷차림에 대해 「100분 토론」

처럼 열띠게 이야기를 이어 갔다. 나는 친구들의 대화에 적당히 호응하며 포크로 파스타를 말았다. 그러다 문득 '외할머니는 파스타를 드셔 보셨을까?' '외할머니와 마지막으로 밥을 먹은 게 언제였지?' 하는 생각들이 꼬리를 물고 이어졌다. 그러다 짱구과자 앞에서 내 모든 사고가 정지했다. 더 이상 파스타를 먹을 수 없었다. 나는 한입에 먹기 좋게 말았던 파스타 면발이 힘없이 풀리듯, 나의 몸과 마음이 맥없이 풀리는 이상 기운을 감지했다. 몇 분 전 외할머니의 죽음 앞에서는 담담했던 내가 짱구과자 때문에 가라앉는 게 우습게 느껴졌다. 동시에 나는 '부조리'에 대해 생각했다.

어린 시절부터 중학교 때까지 나는 방학이면 하동의 시골집에서 지내야 했다. 친구들은 모두 서울에 있는데 방학 때마다 시골에서 기나긴 시간을 보내는 게 어린 시절에는 마치 유배 생활하는 것처럼 느껴졌다. 어떨 때는 '자식이 너무 많아서 셋째 언니와 나를 방학 때만이라도 시골에 버려 두는 건 아닐까?' 하는 서러운 생각이 들기도 했다. 그 시절에는 서울에서 시골집까지 거의 여덟 시간 가까이 걸렸는데, 그 긴 시간을 버티는 게 지루하고 힘들어서 더 가기 싫었던 것 같다. 시골집에 가려면 고속터미널에서 진주까지 가는 고속버스를 타고, 진주에서 다시 시외버스정류장으로 이동한 후 읍내까지 들어가는 직행이나 완행버스를 타야 했다. 거기서 또다시 택시를 타고 시골집까지 가면 그야말로 녹초가 되었다. 그래서인지 엄마는 진주에 있는 외할머니 댁에서 하루 이틀 자고, 다음날 시골집으로 들어가는 새로운 노선을 만들었다.

외할머니는 영화나 드라마에 자주 나오는 전형적인 한국 할머니의 인상과 비슷했다. 요즘 드라마에 나오는 부와 재력을 겸비한 세련된 할머니가 아닌, 80년대 드라마에 나오는 푸근하고 마음씨 좋은 백발 할머니. 하얀 모시적삼을 입고 대문을 열어 주시는 외할머니는 「조선왕조 500년」에 나오는 대왕마마처럼 단아하고 기품 있어 보였다. 외할머니는 내가 좋아하는 시금치 나물과 도라지 무침을 순식간에 뚝딱 만들어 밥상을 차려 주셨고, 손바닥만 한 조기를 뜯어 내 밥숟가락 위에 올려 주며 잘 먹어서 복 받을 거라고 칭찬해 주셨다.

오늘날 웬만한 맛집에 만족하지 못하는 내 고급 입맛은 아마도 외가에서 눈뜨지 않았나 싶다. 요즘도 가끔씩 그 시절 외할머니의 수라상을 몇 번이나 받았나 가늠해 보곤 하는데, 어림잡아 백 번 내외가 아닐까 싶다. 하지만 나는 외할머니께 밥상 한 번 차려 드린 적은 물론 밥 한 끼 사드린 적도 없다. 대학생이 되었을 때 이미 외할머니가 치매에 걸리셔서 어쩔 수 없었다고 합리화시켜 보기도 하지만, 어쨌든 그건 구차한 변명에 지나지 않는다.

중학교 3학년 때부터 엄마가 시골이 아닌 학원으로 유배를 보내기 시작하면서 나는 자연스럽게 시골을 찾지 않게 되었다. 그렇게 외할머니는 내게서 잊혀져 갔고, 시간이 흘러 어느덧 사회 초년생이 되었다. 첫 차를 구입한 후로는 나는 눈만 뜨면 운전대를 잡고 싶은 이상한 병에 걸렸다. 나는 오로지 운전을 위해 엄마를 모시고 외가로 향했다. 가는 내내 엄마는 외할머니가 귀신처럼 하고 있어도 너무 놀라지 말라며 당부에 당부를 했다. 나는 속으로 '아무리 치매에 걸리셨다지만, 그 고운 외할머니가 어디 가셨겠어?'라고 생각했다. 외할머니는 그동안 진주 시내에서 시골집으로 거처를 옮겼는데, 그 집에 도착해서야 나는 엄마의 말이 무엇을 의미하는지 제대로 이해할 수 있었다. 그 곱던 모시적삼은 둘째 치고 외할머니에게서 나는 냄새 때문에 강한 거부감부터 들었다. 사실 나는 이 냄새의 정체와 경로에 익숙한 터였다.

그것은 바로 초등학교 때부터 3년 넘게 우리 집에 고여 있던 벽에 똥칠하는 냄새였다. 비유가 아니다. 진짜 벽에 똥칠하는 친할머니 때문에 엄마가 고생하는 모습을 보고 자란 내겐 정말이지 그건 잊고 싶은 냄새였다. 그 냄새와 외할머니의 모습이 나에게 얼마나 충격이었는지 이 세상에 있는 그 어떤 말로도 표현할 수가 없다.

그날 이후로 나는 순전히 엄마가 고속버스를 타고 고생스럽게 가는 게 싫어서 서너 번 정도 더 외가를 방문했을 따름이다. 외가에 도착하면 외할머니 방문을 빠끔히 열고 "할머니, 저 왔어요!" 형식적인 인사만 드린 후 바로 문을 닫았다. 나는 친척 어르신들과 시간을 보내며 "저렇게 천덕꾸러기로 사느니 빨리 돌아가시는 게 낫다."고 하는 말에 맞장구쳤다. 진심으로 나 또한 외할머니가 그렇게 되길 바랐다.

나는 욕창이 생긴 할머니의 자세를 바꿔 드린 적도, 안아 드린 적도, 심지어 손 한 번 잡아 드린 적도 없었다. 치매에 걸린 친할머니가 힘없이 있다가도 가끔씩 공격 성향을 드러내는 것을 보아 왔기 때문이다. 아니, 그보다 코를 찌르는 냄새 때문에 그 방 안에 머물 수도, 머물고 싶지도 않았다.

외할머니와의 마지막 만남이 된 그날은 뭔가 달라도 달랐다. 그 이유는 무엇인지 그날의 상황과 내 마음 상태에 대해서 가끔씩 되돌아보곤 한다. 아무리 생각해도 그건 신께서 못난 사람들을 지켜보시다가 하도 열이 받아서 당신도 모르게 인간사에 직접적으로 개입한 것이라고밖에 달리 설명할 방법이 없다. 그날은 친척들과 식사를 마친 후 딱히 할 일도 없고 해서 외할머니 방으로 들어갔다. 나는 그나마 가장 깨끗해 보이는 문 옆의 벽에 기대 앉아 가지고 들어간 짱구과자를 먹기 시작했다. 기억 속의 외할머니와 눈앞의 외할머니가 극명하게 대비되면서 가슴이 아픈데도 다디단 짱구과자의 식감은 좀처럼 줄지 않았다. 조용한 방 안에서는 내 입에서 짱구 부서지는 소리만 크게 울렸다. 그때, 외할머니가 힘겹게 자세를 틀어 멍하니 나를 올려다 보셨다. 그건 나를 본다기 보다 먼 허공을 응시하는 것에 더 가까웠다.

'백내장 후유증으로 눈도 안 보이고 듣지 못한 지 꽤 되었다고 했으니 내가 보일리 없겠지.'

속으로 생각하며 짱구과자를 다시 집어 들었다. 그때 외할머니가 나를 향해 힘겹게 손을 내밀었다. 그건 누가 봐도 나도 먹고 싶으니 좀 달라는 몸짓이었다. 잠시 망설이다가 외할머니의 두툼한 손바닥에 짱구과자 두 개를 얹었다. 아니, 거의 떨어뜨리다시피 했다. 외할머니는 아주 힘겹게 팔을 움직여 짱구과자를 입에 넣었다. 할머니는 곧 내게 더 달라는 제스처를 보냈다. 이번에는 좀 전보다 속도감 있게 입에 넣었다.

그때 방문이 열리고 간병인이 들어왔다. 간병인은 내게 죽도 소화를 못 시키는 분에게 과자를 드리면 어떻게 하느냐며 야단을 쳤다. 나는 손에 든 짱구과자를 얼른 외할머니 손에 놓아 드리고 허겁지겁 방을 나올 수밖에 없었다. 그것이 외할머니와의 마지막이었다. 짱구과자 여섯 개를 드린 그날이. 투박하지만 한없이 깊고 영원히 변하지 않을 것 같던 외손녀에 대한 사랑을 고작 과자 몇 개로 보답한 것이다.

어릴 때 외할머니는 자주 이렇게 말했다.

"종갓집에 시집가서 평생 손에 물 묻히고 사는 네 엄마가 참 안 됐다. 너는 꼭 사람이 돼서 엄마를 잘 보살펴 드려라."

그때마다 나는 엄마와 언니에게 물었다.

"외할머니는 왜 자꾸 사람한테 사람이 되래?"

"네가 하도 많이 먹으니깐 외할머니 눈엔 네가 돼지로 보이나 봐!"

엄마와 언니는 장난처럼 답했었다.

나는 외할머니의 죽음을 엄마에게 들은 후 36배속으로 옛일을 되돌아보며 레스토랑 통유리에 비친 내 모습을 아주 오랫동안 지켜봤다. 그날 내가 친구들과 웃으며 무슨 얘기를 나눴는지, 무슨 가방을 들었는지, 집으로 돌아올 때 어떤 교차로를 지나왔는지 나는 모두 기억하고 있다. 그리고 집으로 돌아온 후 나는 신의 계시를 받았다. 그날의 부끄러움과 상처가 뼛속 깊이 박혀 죽을 때까지 괴롭힐 거라는 것을. 내가 평균 수명까지 산다는 가정을 하면 그 유통기한은 2052년 7월 20일까지일 것이다.

찰나의 꽃,
목련

**엄마가 좋아하는 목련의 만개 시기는 짧다.
하필이면 자신의 인생과 닮은 꽃을 좋아하는 것 같아서
때때로 마음 아프다. 그래서일까?
나는 꽃잎이 떨어지는 목련 나무 밑으로 지나다니지 않는다.
사람들에게 짓밟히며 으깨지는 꽃잎을 보면 마음이 저며 오기 때문이다.**

병원에 다녀온 후 나는 이불속에 파묻혀 지냈다. 일어나지 않은 일들을 모두 머릿속으로 끌고 와 끙끙 앓았다. 그러다 벌떡 일어나 인터넷으로 치매와 관련된 정보들을 검색했고 불쑥 기억력을 테스트해 본다며 엄마를 괴롭혔다. 그럴 때면 엄마와 꼭 다툼이 일었다. 그러면 다시 이불 속으로 숨어들어 가 불길한 상상에 빠져들기를 반복했다.

당시 누군가 우리 모녀 옆에 있었다면 엄마보다 내게 정신과 치료를 권유했을 것이다. 나 역시 내가 이상한 사람이 되어 가고 있다는 걸 느낄 수 있었다. 하지만 불길한 기운이 엄청난 힘으로 내 몸을 누르고 있어서 이불 밖으로 도저히 빠져나올 수 없었다.

평소 나는 삶의 역경에서 도움이 될 만한 명언들을 수첩에 적어 두고 자주 들여다보는 편이다. 그런데 막상 그 말들을 현실 상황 속에 녹여 내야 할 때가 닥치자 그건 그냥 죽은 사람들의 말일 뿐이라는 생각이 들었다. 오히려 지금 나를 사로잡고 있는 두려움이 내 옆에서 함께 숨 쉬는 친구라고도 생각되었다. 내가 그 친구에게 전적으로 의지하고 있을 때 실상 엄마와 우리 집의 일상은 아무 문제없이 돌아갔다. 그때 내가 조금만 더 현명했더라면, 수많은 두려움의 본질을 제대로 꿰뚫어 볼 수 있는 통찰력이 있었더라면, 약 한 번 잊었다는 이유로 엄마를 쥐 잡듯 하지 않고, 스스로를 덜 괴롭히며 일에 충실할 수 있었을 것이다. 엄마는 늘상 하던 대로 아침에 눈뜨면 집 안을 청소하고, 맛없는 아침상을 차리고, 설거지를 하고, 산책을 나갔다. 달라진 점이 있다면 고작 자기 전에 알약 하나를 복용하는 것밖에 없었다. 그러나 내가 그 사실을 깨달은 것은 시간이 한참 흐른 후였다.

춥고 어두운 터널을 지나니 어느 순간 '두려움'이라는 감정에 무뎌지기 시작했다. '두려움'과 거리두기를 하고서야 나는 병원을 찾기 전 평온했던 일상으로 복귀할 수 있었다.

그러던 어느 날, 겨울 내내 닫아 두었던 창문을 열고 멍하니 앉아 계신 엄마의 모습을 보았다. 바람이 아직 찼기 때문에 감기라도 걸릴까 싶어 창문을 닫아 드리자 엄마는 "왜 마음대로 닫노?" 하며 다시 창문을 열고 소파에 앉았다. 평소 같으면 창문으로 외출하는 나를 바라보며 잘 다녀오라는 눈빛을 던졌을 텐데 그 모습 또한 보이지 않아서 마음이 무거웠다. 나는 운전을 하며 '엄마가 혼자 소파에 앉아 무슨 생각을 하고 계실까?' 생각해 봤다. 얼마 지나지 않아 모든 생각이 한곳으로 모이며 가슴이 저려 오기 시작했다. 비록 엄마가 좋아하는 나무는 없지만, 엄마의 기억은 봄 목련을 바라보는 순간에 멈춰 있었던 것이다. 그걸 기억하지 못하고 엄마의 소중한 시간을 빼앗으려 한 것이 한심하게 느껴졌다.

엄마는 아빠와 오남매의 속옷 하나하나까지 삶아야 직성이 풀리는 바쁜 주부이자, 한 집안의 종부였다.

학교에서 돌아오면 엄마는 항상 부엌에서 일을 하거나, 청소를 하거나, 욕실에서 손빨래를 하고 있었다. 엄마는 한 번도 소파나 TV 앞에 앉아 있던 적이 없었다.

또래 친구들 집에 놀러 가면 친구 어머니들은 보통 우리에게 간식을 내주시거나 게임을 제안해 주시거나, 책을 보시곤 했다. 엄마도 여느 친구 엄마처럼 화장도 하고 차도 마시면서 우리에게 말이라도 걸어 주면 좋겠다고 생각했다. 소처럼 일만 하는 엄마가 조금은 안타깝고 창피했다.

그랬기 때문일까? 고학년이 되면서는 친구 엄마들이 집 안에서 무얼 하는지 유심히 살폈다. 이내 친구 엄마들의 고상한 움직임이 내 눈에 들어오기 시작했다. "나는 당신의 움직임이 좋아요." 영화 「러브 어페어」의 한 대사처럼 말이다. 우리 엄마는 투박하지만 따뜻한 정을 표현하는 분이니까 집안일만 좀 적게 하고 움직임이 조금만 고상하면 좋겠다고 생각했다.

어느 날 학교에서 돌아왔을 때, 엄마가 행복한 얼굴로 장독대 앞의 창가에 앉아 있었다. 좀처럼 쉬는 법이 없는 엄마기에 그 광경이 유독 눈에 띄었다.

"엄마 뭐해?"

엄마는 나를 감싸 안고 정원에 핀 하얀 목련꽃을 가리키며 탄성을 자아냈다.

"봐라 봐. 진짜 예쁘게 폈재? 참으로 곱네, 고와."

그 탄성은 예술의 전당 VIP석에서 나오는 그 어느 감탄사보다도 값지게 느껴졌다. 나는 그 순간이 바쁘게만 살아온 엄마에게 세상이 주는 첫 감흥의 현장이라고 생각했다. 목련꽃보다 행복해하는 엄마의 움직임이 곱고 사랑스러웠다.

세월이 흘러 첫 차를 구입했을 때, 주차장이 없어서 고생하는 날 보며 엄마는 정원을 밀고 주차장을 만들자고 했다. 나는 정원에 있는 목련나무가 엄마에게 어떤 의미인지 알기 때문에 온갖 핑계를 대며 거절했다. 그런데 영화 촬영 때문에 열흘 넘게 집을 비운 사이, 엄마가 과감히 정원을 밀어 버렸다. 목련나무가 사라진 것을 발견한 나는 울컥거리는 마음을 간신히 누른 채 집으로 들어왔다.

"엄마는 왜 시키지도 않은 일을 하고 난리야!"

엄마에게 고래고래 소리친 나는 엄마를 쳐다보지도 않고 방으로 올라왔다.

"뭐 저런 게 다 있노?"

엄마도 서운했던지 울분을 토하며 안방으로 들어갔다.

사실 엄마 말이 백 번, 천 번 맞았다. 나는 엄마의 유일한 삶의 안식처인 목련꽃을 알아준 자식이었지만, 그 공간을 다름 아닌 내 차 때문에 밀어 버리게 만든 알다가도 모를 인간이었다.

출생의 비밀과 예민함의 탄생

'예민하다'의 사전적 의미는 '무엇인가를 느끼는 능력이나
분석하고 판단하는 능력이 빠르고 뛰어나다.'이다.
그러나 우리는 예민한 사람을 떠올릴 때 신경질적이거나,
화를 잘 내거나, 지나치게 깔끔 떠는 사람들을 먼저 떠올리곤 한다.
하지만 나는 당당하게 말할 수 있다.
바로 이 '예민함'으로 엄마의 치매를 누구보다 빨리 발견했다고.

나는 어릴 때부터 예민한 아이였다. 태어나자마자 죽을 처지에 놓인 경험이 있었기 때문에 태생적으로 예민할 수밖에 없는 환경에 놓였다고 생각한다.

사연인즉 이랬다. 중학교 봄방학 때의 일이었다. 학원을 마치고 집으로 돌아오니 집 안 가득 전 부치는 냄새가 진동했다. 집에서 전 부치는 냄새가 난다는 건 제삿날이라는 얘기고, 결국 잔심부름을 많이 해야 된다는 의미였다. 나는 아무도 모르게 살금살금 위층 계단으로 올라갔다. 그때 부엌에서 수근거리는 소리가 들려오기 시작했다.

"어머, 어머! 막내를 진짜 죽이라고 했단 말이에요? 세상에

나! 그러면 조카는 뭐라고 했는데요?"

내가 죽을 뻔했다는 사실보다는 일단 온갖 심부름을 피하는 게 더 중요했던 나는 위층 언니 방에 몸을 숨겼다. 나는 엿들은 이야기에 온갖 상상을 덧붙이다 잠이 들었다. 그 사실을 까맣게 잊었다가 TV를 보다가 문득 엄마에게 내가 죽을 뻔한 이유에 대해 물어보았다. 엄마는 몹시 당황하며 말을 잇지 못하였다. 그러다 내가 이야기를 들었다는 사실을 피할 수 없다는 것을 깨달았는지 내 출생의 비밀에 대해 말하기 시작했다.

우리 집안은 항상 손이 귀했다. 그나마 할머니가 아들을 낳았지만 아버지 밑으로 두 형제를 전쟁과 병으로 잃고 말았다. 설상가상으로 할아버지마저 젊은 나이에 사고로 돌아가시자, 증조할아버지는 아빠에게 독자는 절대 안 된다는 특명 아닌 특명을 내렸다. 하지만 인생사 뜻대로 될 리 없는 법. 엄마는 큰오빠 이후 줄줄이 딸을 셋이나 낳고 나를 가지게 되었다. 그러자 집안 어른들은 이번에도 딸이면 무조건 엎어 버리고 다시 가져야 한다고 으름장을 놓았다. 여기서 잠깐 '엎어 버린다'는 말에 대해 짚고 넘어가자. 당시는 아기를 뒤집어 숨을 쉴 수 없게 한 뒤 자연사를 가장했던 믿을 수 없는 일이 가끔씩 있었다고 한다. 이 사건은 조선 시대 스토리가 아니다. 1970년대에 일어난 일이다. 실로 참담한 일이 아닐 수 없다. 내가 태어나자 어른들은 그날로 엎어 버리라고 사람을 보내면서까지 종용하기 시작했다. 엄마는 밤새도록 고민하다 새벽 즈음 날 엎어 보려 시도했지만 이내 버둥대며 우는 나를 포기할 수 없었다. 엄마는 나를 품 안에 안고 몇 시간을 울며 아침을 맞이했다.

괴롭게 이야기를 끝내고 내 눈치를 살피는 엄마와 달리 나의 온 신경은 드라마 「브이(V)」의 파충류에 꽂혀 있었다. 나는 괜찮다며 통 큰 사람처럼 엄마를 위로했다. 충격적인 드라마 스토리에 비하면 모든 사실이 진부하게 느껴질 뿐이었다.

그러나 충격이 없다면 거짓말이다. 시간이 흐르면서 출생 사건에 내상을 입는 나 자신을 발견했다. 가족들의 축복 속에서 태어나지 않았다는 사실도 상처가 되었지만 무엇보다 자식을 낳고도 축하는커녕 비난을 한 몸에 받은 엄마 때문에 괴로웠다. 어른들의 눈치 때문에 산후 조리도 제대로 못한 데다 나를 포기하려한 죄책감까지 짊어진 엄마를 생각하니 마음이 무거웠다. 나는 그 일을 곱씹으며 나라는 사람, 엄마, 가족, 집안을 다시 보기 시작했다.

나는 갓 태어난 아기에게 사형을 선고하고 잔인하게도 그

실행을 엄마에게 떠넘긴 친척들을 지켜본 목격자였다. 그 시간 동안 나는 아무 말도 못했겠지만 아마도 엄마에게 수없이 살려 달라고 텔레파시를 보냈으리라 생각한다.

나는 다행히 죽지 않고 살아서 이 글을 쓰고 있다. 그 당시 나는 분명히 엄마의 감정이나 움직임의 미세한 변화 하나하나에 귀 기울였을 것이다. 그 이유로 '예민함'이라는 작은 초능력이 내게 생겼을지도 모른다는 생각을 종종 한다. 물론 가끔은 그 초능력 때문에 힘들 때도 있다. 하지만 엄마가 치매에 걸린 이후로 내 예민함은 그야말로 없어서는 안 될 무기가 되었다.

별이 빛나는 밤에

여기 있다. 여기가 우리의 고향이다. 이곳이 우리다.
우리가 사랑하는 모든 이들, 우리가 알고 있는 모든 사람들, 당신이 들어 봤을 모든 사람들, 예전에 있었던 모든 사람들이 이곳에서 삶을 누렸다.
지구는 우주라는 광활한 곳에 있는 너무나 작은 무대이다. 이 작은 점을 본다면 우리가 선택된 곳에 있다고 주장하는 자들을 의심할 수밖에 없다.
우리가 사는 이곳은 암흑 속 외로운 얼룩일 뿐이다.
이 광활한 어둠 속의 다른 어딘가에 우리를 구해 줄 무언가가 과연 있을까.
— 칼 세이건, 『창백한 푸른 점』 중에서

엄마는 치매라는 이름표를 단 지 3년이 지나고도 별다른 증상을 보이지 않았다. 나는 현미경으로 세포를 관찰하듯 엄마를 세밀하게 연구하기 시작했다. 그동안 한 가지 분명하게 깨달은 것이 있다. 주치의의 말대로 엄마 정도의 상태라면 대부분의 사람들은 병원에 가지 않았을 거라는 사실이다. 일흔이 넘은 분이 주위 사람 다 알아보고, 평생을 오가던 서울과 하동을 혼자 이동하고, 이웃을 만나서 자연스럽게 대화하는데, 단지 집안일이 서툴다고 무작정 병원에 가서 MRI를 찍는 일은 흔하지 않다.

하지만 지금부터 들려줄 한 사람의 변화는 누구나 감지할 수 있는 신호라고 생각한다. (참고로, 대학 동창은 나와 같은 위장전술로 어머니를 병원에 모시고 갔다가 그녀의 어머니 역시 치매 초기 판정을 받았다. 그 후 나는 동창이라기보다는 '치매 가족 선배'로 포지션이 바뀌었고, 지금도 그 친구를 위해 아낌없이 조언을 해 주고 있다.)

2012년 가을, 찬바람이 불기 시작하자 엄마가 자꾸만 새벽에 일어나 어설픈 집안일을 하기 시작했다. 그 덕에 나 역시 잠에서 깨는 횟수가 늘었다. 여기서 말하는 새벽은 1시에서 3시 사이다. 엄마는 치매를 발견한 후에도 한동안 5시 전에는 일어나는 법이 없었다. 그런데 타인에게 민폐가 되는 시간에 일어나 아무렇지 않게 불필요한 청소를 하거나, 빨래를 하거나, 설거지를 했던 것이다.

나는 그 증상이 심상치 않게 느껴졌다. 인터넷이나 전문서적을 뒤적여 보지 않아도 그건 치매가 눈에 띄게 진행되고 있다는 징조였다. 밤늦도록 일하다 잠든 막내딸이 혹시라도 깰까 봐 당신의 몸무게를 반으로 줄여서 조심스럽게 움직이던 사람이었다. 그런 사람이 내가 막 잠들 시간에 그런 활발한 움직임을 보인다는 건 있을 수 없는 일이었다.

한동안 어떻게 운을 떼면 좋을지 고민했다. 나는 엄마의 기분 상태를 살핀 후 커피 한 잔을 건네며 엄마의 심야활동에 대해 말씀드렸다. 내 이야기를 듣고 엄마가 생각을 곱씹다가 이야기했다.

"내가 아무래도 치매가 왔나 보네.
우째 그리 생각 없는 짓을 했을꼬?"

순간 나는 움찔했다. 당시 우리 가족은 엄마에게 치매 사실을 숨기고 매일 복용하는 약을 관절염 약이라며 속이고 드리던 터였다. 엄마에게 솔직히 밝히고 싶은 마음은 굴뚝같았다. 하지만 치매에 걸린 친할머니와 외할머니를 지켜본 엄마는 나보다 치매에 대한 트라우마가 더 큰 사람이었다.

그날의 충격 때문인지 당일 새벽과 다음날 새벽에는 엄마의 인기척 소리가 들리지 않았다. 하지만 그 효과는 이틀을 넘기지 못했다. 심지어 엄마는 새벽 3시에 아침을 먹으라며 나를 깨우기도 했다.

결국 나는 엄마의 담당 교수님과 상의했다. 교수님의 말에 의하면, 치매 환자는 시간, 장소, 인물 순으로 기억이 사라진다고 한다. 시간의 상실이 1기, 장소의 상실이 2기, 인물의 상실이 3기, 즉 말기. 시간에 대한 인식이 엄마의 의지로는 안 되고 있었던 것이다. 물론 엄마가 아직 1기라는 사실에 안도 되는 마음이 없었던 것은 아니다.

치매가 엄마의 힘으로 어쩔 수 없다는 것을 받아들이자, '새벽에 좀 깨면 어때? 내가 '나인 투 식스(nine to six)' 하는 샐러리맨도 아니고, 작업하다가 졸리면 낮잠이라도 자지 뭐.' 하는 여유로운 마음까지 생겼다. 그 뒤로는 새벽 시간이 그다지 두렵게 느껴지지 않았다.

그러던 어느 날, 새벽 3시에 엄마가 대문을 열고 밖으로 나가는 소리가 들렸다. 나는 벌떡 일어나 잠옷차림으로 뛰어갔다. 차 한 대 다니지 않는 어두운 거리에는 엄마와 길고양이 한 마리밖에 보이지 않았다. 나는 얇은 자주색 내복 상의 한쪽이 바지 밖으로 삐죽이 튀어나온 엄마의 뒤를 밟았다. 바지 또한 쓸려 올라가서 엄마의 두꺼운 발목이 다 드러나 있었다. 심지어 맨발이었다.

무엇에 홀린 듯 짧고 불규칙적인 보폭으로 황급히 걸어가는 엄마를 뒤따르는데 가슴이 저며 왔다. 엄마가 걷고 있는 그 길이 영영 돌아오지 못할 길처럼 두렵게 생각되었다.

더 늦기 전에 엄마를 제지해야겠다고 마음먹었다.

나는 아무렇지 않은 듯 엄마 옆으로 바짝 다가가 말을 건넸다.

"엄마 어디 가?"

엄마는 누군가와 교신 중에 들키기라도 한 것처럼 움찔하다가 주변을 둘러보았다. 그 모습은 마치 SF영화에서 주인공이 다른 시공간으로 잘못 이동했을 때 보이는 당황스러움과 닮아 있었다.

애써 태연한 척 표정을 바꾸며 엄마가 말했다.

"답답해서 운동 나왔는데, 와?"

그것은 변해 버린 음식 솜씨를 숨기던 엄마의 모습과 다르지 않았다. 가슴이 아파서 나도 모르게 눈물이 고였다. 먼 밤하늘을 올려다봤다. 새벽의 찬 공기 덕분인지 밤하늘에 빛나고 있는 별들이 눈에 들어왔다. 밤하늘을 가리키며 엄마에게 말을 건넸다.

"엄마, 저 별들은 아무래도 엄마의 친구인가 봐. 어찌 저리 잠도 안 자고 반짝거릴까?"

엄마는 한참 동안 밤하늘을 바라보았다. 어쩐지 엄마가 나에게 하는 말이 들리는 듯했다.

'반짝거리는 게 아니라 시커먼 하늘 때문에 버들버들 떨고 있는 거다.'라고.

가끔씩 그날과 같은 농도와 냄새의 새벽 공기를 홀로 마주할 때가 있다. 분명히 다른 시공간에 서 있는데도 익숙한 느낌의 그날의 찬 공기가 나를 얼어붙게 만든다. 그 순간이면 어두운 도로 밑에 애써 묻어 두었던 온갖 두려운 마음들이 한꺼번에 달려든다. 그 느낌이 인생의 고독감인지 허무함인지는 정확히 알 수 없다. 다만 그렇게 가슴이 꽉 저며 오는 느낌은 내복을 입은 어르신이 넋 나간 얼굴로 거리를 배회하고 있거나, 어디선가 엄마가 좋아하는 이미자 씨 노래가 들려오거나, 목련 꽃 만개하는 봄날에도 느껴지는 걸 보면 분명 엄마와 관련이 있지 않나 싶다.

봄날의
약속

덕원　다음 달에 우리 제주도 꽃구경 갈 건데.
영숙　어머, 그래? 그런데 어쩌지? 수험생이 둘이나 있으니.
덕원　얘, 수험생 없는 애들이 어디 있니? 너 잘 생각해! 한 번 사는 인생인데 우리도 적당히 좀 즐기면서 살아야 되지 않겠어?
영숙　알았어. 안 그래도 내 인생의 봄날을 눈 빠지게 기다리고 있다 얘. 아유, 한 3년만 있으면 나도 만날 여행이나 하면서 즐겁게 살아야지!

— 내가 연출한 영화 「봄날의 약속」 중에서

치매 환자에게는 보호자의 직업이 그 무엇보다 중요하다. 지극히 주관적인 생각으로, 소위 잘나가는 직업을 가지고 경제적 혜택을 드리는 것보다 영세한 자영업을 하더라도 일상을 공유하는 게 훨씬 낫다고 생각한다.

2007년 영화사를 다닐 때였다. 영화사 주변에 작은 가게가 하나 있었는데, 주인 아저씨는 매일 치매 노모를 모시고 나와 영업을 했다. 80대 노모는 가게에 앉거나 누워 있다가 가끔씩 동네 한 바퀴를 돌며 사람 구경을 했다. 그러다 가게로 돌아와 아저씨와 함께 식사했는데, 나는 그 모습을 종종 본 적이 있었다. 주로 두세 가지 밑반찬과 컵라면이 놓여 있는 간이식탁은 궁핍해 보였다.

참 희한하게도 그 궁핍한 밥상이 엄마의 치매 판정 후로는 다르게 보이기 시작했다. 분명 등장인물도 배경도 소품도 뭐하나 변한 게 없는데, 갑자기 그 간이식탁 위의 음식이 풍성하고 따뜻하게 느껴지면서 내 마음을 파고들었다. 어머니에게 반찬을 다정하게 올려 주는 아저씨의 깊은 눈빛도 눈에 들어왔다. 그렇게 그분들을 오랫동안 지켜보면서 노모도 아저씨도 자영업이라는 직업 아래서 치매라는 병에 현명하게 대응하고 있다는 걸 알게 됐다.

엄마는 항상 내가 삼십 층 이상의 높은 빌딩에서 일했으면 좋겠다고 말했다. 내가 대기업에 다니길 바랐다기보다는, 남들처럼 아침에 나가서 저녁에 돌아오는 직업을 가졌으면 하는 바람이 컸던 것이다. 엄마는 내가 다니던 삼 층짜리 주택을 개조한 광고회사를 보고는 왜 코딱지만 한 회사가 밤낮으로 사람을 굴리느냐며 불편한 심기를 드러내기도 했다.

안 그래도 불규칙한 삶을 못마땅해하던 엄마는 내가 광고회사를 때려치우고 영화제작사에 들어가자 더 납득하지 못했다. 작품이 있으면 한동안 집에 들어오지 않고, 작품이 없으면 몇 개월을 집에서 쉬는 낯선 패턴을 엄마가 이해하기란 쉽지 않았기 때문이다.

대낮에 슬리퍼를 끌고 나가 만화책을 잔뜩 빌려 오는 모습이 자꾸만 노출되면서 이웃들이 "막내 따님은 요즘 집에서 노나 봐요?"라고 엄마에게 질문하기 시작하자, 엄마는 내 직업을 부끄러워하기 시작했다. 내가 하고 싶은 일이라면 뭐든 지지하고 지원해 주었던 분이었기에 난 속상하다 못해 화가 났다. 그래서 엄마가 "넌 도대체 회사 가면 무슨 일을 하노?" 하고 물을 때마다 "영화 만들지. 하긴 뭘해?" 하고 공격적으로 답했다. 엄마는 포기하지 않고 질문했고 나의 짜증 역시 멈추지 않았다.

"그러니까 거기서 니가 하는 일이 뭐냐고?"

"아이고 참, 영화 만든다니깐."

"아니, 그걸 니가 다 만드는 건 아닐 거 아니가? 카메라 드는 사람도 있고."

"엄마가 말하면 알아? 엄마는 카메라 감독밖에 모르잖아. 나는 기획도 하고 시나리오도 쓴다고. 시나리오! 도대체 몇 번을 말해야 해?"

평생 집안일에 전념한 일흔을 바라보는 노인에게 기획, 각본, 감독이라는 개념을 이해시켜 드리는 것은 어린 조카에게 카뮈의 작품 세계를 이해시키는 것만큼이나 아득한 일이었다.

엄마는 치매가 걸린 후에도 여전히 내 직업과 관련된 질문들로 나를 괴롭혔다. 그러다 증세가 시간을 상실하는 1기에서 장소를 상실하는 2기로 넘어가자, 엄마는 내 직업과 관련해서 더 이상 궁금해하지 않았다.

나는 엄마의 변화가 전혀 후련하지 않고 조금 허전하기까지 했다. 그래서였을까? 묻지도 않는데 자꾸만 내 일에 대해 설명하고 있는 자신을 발견했다. 그러다 문득 엄마의 치매가 더 진행되기 전에 내 일에 대해 완전하게 이해시켜 드려야겠다는 생각이 들었다.

엄마에게 영화라는 결과물을 손에 쥐어 주면 훨씬 수월할 터였다. 그렇게 나는 엄마의 이야기를 담은 단편영화를 기획했다. 나는 엄마의 삶을 압축적으로 보여 주는 시나리오를 쓴 후 엄마 옆에서 큰소리로 대사를 읽었다. 엄마가 그런 나를 어처구니없다는 표정으로 지켜보다가 나지막하게 말했다.

"니는 밥 먹고 나가가 만날 그러고 돌아다니나?"

"나중에 배우가 입에 안 붙을까 봐 내가 먼저 여러 번 읽어 보는 거지……."

그때 나는 보았다. 엄마의 입고리가 살짝 올라가 있는 것을. 그건 누가 봐도 비웃음이었다.

그렇게 완성된 「봄날의 약속」은 인생의 봄날을 가족에게 희생한 영숙을 주인공으로 하는 15분짜리 단편영화다. 다섯

신 안에 1980년부터 현재까지 영숙의 삶이 압축적으로 들어 있다. 처음 내 이야기를 들은 스태프들은 '엄마'를 다루는 소재가 다소 진부하다고 했다. 나 또한 단편영화제에 출품되는 작품들이 미장센이 뛰어나거나 임팩트 있는 스토리가 많다는 것을 모르지 않았다. 하지만 내 목표는 영화제 입상이나 출품보다 더 본질적인 곳에 있었다. 나는 설득하고 또 설득했고, 결국 그들의 마음이 움직이기 시작했다.

진심이 통했기 때문일까? 기적 같은 일이 일어났다. 나의 단편이 부산국제영화제와 단편영화제의 칸이라 불리는 끌레르몽-페랑 국제단편영화제 경쟁 부문에 오르는 등 믿을 수 없는 일들이 연속으로 일어난 것이다. 대한민국 영상대전에서 장려상을 탔고, 10여 개 국의 해외영화제에 초정되기도 했다. 나는 프랑스의 끌레르몽-페랑에 초청되어 영화 전문가들과 유럽 관객들 앞에서 엄마에 대한 이야기를 할 수 있었다.

'희생 정신으로 똘똘 뭉친 엄마'와 '치매'라는 소재는 특히 유럽인들의 큰 공감을 얻었다. 관객 한 분 한 분이 내게 포옹을 해 주며 격려의 말을 아끼지 않았다. 그날의 감흥은 아직도 뼛속 깊이 박혀 있다. 거기에 그치지 않고 프랑스 카날 플러스 방송국에서 1년 판권을 사 가는 바람에 제작자로서도 큰 성과를 얻었다. 판권을 산 PD는 특히 이 영화를 만든 계기에 대해 깊은 관심을 가졌다. 그는 우리 모녀가 처한 상황에 대해 진심 어린 격려와 응원을 보내 주었다.

정작 영화 속 주인공인 엄마는 내 영화를 마땅찮아 했다.

"아니, 뭔 영화가 이리 짧노? 그래서 뭐? 니가 뭘 했다는 건데?"

세상 사람들이 인정해도 정작 엄마가 몰라 주니 답답하다 못해 화가 났다.

"아니, 이 영화 시나리오를 내가 쓰고, 내가 제작비도 대고, 내가 프로듀싱하고, 내가 감독도 했다고! 그래도 모르겠어?"

멍하니 생각하다가 내 눈치를 살피며 엄마가 말했다.

"참나, 도대체 뭔 얘긴지 모르겠네. 그래서 니가 카메라를 들고 다 찍었다 그 말이제?"

사고의 시간
위로의 시간

다음의 치매 증상 중 보호자가 가장 대처하기 힘든 상황은?

A. 심한 욕설을 하며 난폭해진다.
B. 음식에 대한 집요한 집착과 거부 양상을 보인다.
C. 하루 종일 무기력하게 누워 있다.
D. 대소변을 가리지 못한다.
E. 가족의 눈을 피해 자꾸만 밖으로 나간다.

개인차가 있긴 하겠지만, 확실히 대답할 수 있는 것은 E다. A~D까지는 보호자가 자신의 일을 하면서 환자를 돌볼 수 있지만, E의 경우 일손을 놓고 전국으로 부모님을 찾으러 다녀야 하기 때문이다.

단편영화의 좋은 기운을 이어받아 나는 한 영화제작사와 계약을 하고 장편 시나리오 작업을 시작했다. 그동안 엄마는 차선으로 밀릴 수밖에 없었다. 집에는 나 말고도 아빠가 계셨지만 아빠는 지역 유지답게 서울과 하동 집을 오가며 바쁜 나날을 보내고 계셨다.

가끔씩 집에 오면 냄비가 까맣게 타 있거나, 가재도구가 하나씩 사라졌다가 말도 안 되는 장소에서 발견되는 등 이상한 현상이 반복됐다. 마트에서 사 온 치약이 모두 사라졌다가 한 달 뒤에 소파 시트 밑에서 발견되기도 했다. 이런 증상들이 반복되자 뭔가 변화가 필요한 시점이라는 생각이 들었다.

셋째 언니와 나는 엄마를 돌봐 드릴 사람을 두자고 의견을 모았다. 엄마는 예상대로 펄쩍 뛰며 모르는 사람이 오면 누구든 쫓아낼 거라고 엄포를 놓았다. 엄마에게는 아빠가 누군가와 바람을 피우고 있다는 의심과 망상이 있었다. 젊은 시절의 상처가 고스란히 엄마의 기억 속에 남아 현재의 엄마를 괴롭히고 있었던 것이다. 이런 상태에서 아주머니를 고용한다는 건 불난 데 기름을 끼얹는 거나 마찬가지였다.

그 후 이틀 동안 엄마는 우리와의 대화를 거부했다. 모녀지간에 이틀 동안 냉전기를 가지는 게 뭐 그리 대수냐고 생각할 수도 있지만, 엄마의 치매가 이미 중기로 접어들고 있었기 때문에 간단한 문제로 볼 수 없었다. 그 어떤 감정도 길어야 반나절 못 가 잊히기 때문이다. 나와 언니는 지속적으로 엄마를 설득했다.

혼자 보내야 하는 시간이 늘면서 엄마는 시간, 요일, 날짜에 이어 계절 감각까지 잃어 갔다. 엄마가 가재도구와 음식을 숨기면 다시 사서 비치해 놓으면 그만이지만, 계절 감각을 상실한다는 것은 간단한 문제가 아니었다. 치매 환자에게 인지 기능 상실보다 무서운 것은 미세한 변화조차도 온몸으로 거부하는 데 있다. 엄마는 봄에 입었던 옷들을 한여름이 되도록 벗지 않으려고 고집을 부렸다. 그러다 가을이 오면 얇디

얇은 여름 옷을 입고 다녔다. 사실 나는 그 어떤 계절보다 겨울이 두려웠다.

초겨울의 어느 날, 회사에서 돌아왔더니 엄마가 집에 없었다. 외투도 없이 슬리퍼를 신고 나간 것을 확인하고 나는 황급히 차를 몰고 엄마를 찾아 나섰다. 차 안 온도계를 보니 영하 7도였다. 순간 내 몸과 마음이 급속히 얼어붙었다. 시속 80킬로미터가 넘는 속도로 골목을 헤집고 다녔지만 엄마를 찾을 수 없었다. 뒷산에 시선이 꽂혔지만 다리 아픈 엄마가 설마 산에 올라갔을까 싶었다. 그래도 혹시나 하는 마음에 차를 세우고 산으로 올라갔다. 그런데 나지막한 동네 뒷산 벤치에 엄마가 우두커니 앉아 있었다.

엄마는 양말도 없이 슬리퍼를 신고 얇은 실내복만 입은 채로 남산타워를 응시하고 있었다. 울컥하고, 반갑고, 화가 났다. 나는 엄마에게 달려갔다.

"엄마, 말도 없이 여기 있으면 어떻게 해!"

엄마는 내 마음을 아는지 모르는지 천진난만한 표정으로 말했다.

"왔나."

그런 엄마의 모습에 할 말을 잃었다. 외투를 벗어 입혀 드리며 이게 얼마나 큰 사고인지 숨이 넘어갈 듯 쏟아 내기 시작했다. 내가 씩씩대며 거의 잡아끌다시피 일으키자 엄마가 나지막하게 한마디 툭 내뱉었다.

"가시나, 뭐 묻은 게 뭐 묻은 거 탓한다고. 지가 평생 사고 친 거는 다 잊어버렸나 보네."

그랬다. 나는 태어나자마자 엎어져 죽을 운명이었는데, 마치 살아남은 게 잘못된 일이라도 되는 것처럼 여러 번 죽을 뻔했다. 특히 열두 살 이전까지 그런 일이 몰려 일어나는 바람에 엄마는 자나 깨나 내 안녕에 대해 노심초사했었다고 한다.

세 살 무렵에는 아홉 살 터울인 큰언니가 다락방에서 나를 떨어뜨렸는데, 부모님께 혼날까 봐 그 사실을 숨긴 일이 있었다. 머리가 이티(ET)처럼 부풀어 오른 것을 뒤늦게 발견한 엄마는 물컹물컹한 내 머리를 감싸 안고 병원으로 달려갔다. 의사는 "애가 이 지경이 될 때까지 어떻게 몰랐냐."고 호통을 치며 내 머리에서 한참 동안 물을 빼냈다. 의사는 조금만 늦었으면 장애가 올 뻔했다며 혹시나 아이를 학대하는 건 아닌가 의혹의 눈초리로 엄마를 바라보았다고 한다. 물론 나는 이 사건에 대한 기억이 전혀 없다. 하지만 사고를 숨긴 죄로 엄마에게 맞아 죽을 뻔한 큰언니는 지금까지도 그때를 생생하게 기억하고 있다.

아홉 살 때는 손목을 그은 일이 있었다. 한참 고무판화 미술 숙제를 하고 있었는데, 빨리 끝내고 놀 생각에 발로 고무판을 고정시키고 조각칼에 온 힘을 주다 그만 손이 미끄러져서 손목을 그은 것이다. 집에는 셋째 언니와 나밖에 없었다. 셋째 언니는 수건이 순식간에 흥건하게 젖도록 피를 흘리는 나를 보고선 도움을 요청하기 위해 밖으로 튀어 나갔다. 나는 옆집 아주머니 등에 업혀 병원에 갔고, 아홉 살 어린애가 동맥을 끊고 자살을 시도했다며 한동안 온 동네에 흉흉한 소문이 돌아 엄마를 난처하게 만들었다. 아직도 내 왼쪽 팔목에는 상처 자국이 뚜렷하게 남아 있는데, 상처를 본 사람들은 여전히 나를 이상한 눈빛으로 보곤 한다.

열 살 때는 친구네 집에서 프로판가스가 터지는 사고가 일어났다. 가스 폭발이 일어나기 전 간발의 차로 집에서 나온 나와 친구는 불타는 집을 한참 동안 지켜봤다. 그 충격의 여파 때문인지 나는 한동안 하루에 백 번도 넘게 우리 집 가스 밸브가 잠겼는지 확인하는 강박증에 시달렸다. 그 시절에는 지금처럼 정신과가 보편적이던 때가 아니라 엄마는 내 병을 고치기 위해 한약을 달이곤 했다.

같은 해에 자전거 사고도 있었다. 엄마가 자전거 한 대를 사 주셔서 한참 자전거를 타고 동네를 날아다니던 시기였다.

그날도 영화 「이티(ET)」의 한 장면처럼 친구들과 속도 게임을 벌이고 있었다. 그러다가 급브레이크를 잡았는데, 순간 내 몸은 달나라에 가는 사람처럼 하늘을 붕 날았고 나는 그 충격으로 의식을 잃고 말았다. 병원에서 눈을 떴을 때, 내 사고를 목격한 아저씨가 사고 경위를 엄마에게 설명하고 있는 광경이 눈 앞에 펼쳐졌다. 하필이면 자전거의 손잡이가 내 목젖을 치는 바람에 성대에 심각한 손상이 왔다고 했다. 나는 그 사건으로 석 달 넘게 「이티」의 주인공이 아닌 영화 「피아노」의 주인공 '아다'처럼 말을 할 수 없게 되었다.

여기서 끝이 아니다. 초등학교 4학년, 방배동으로 이사 온 지 얼마 되지 않았을 때의 일이다. 밤 10시가 넘은 시간에 소방차 여러 대가 우리 동네로 모여들었다. 잠이 오지 않던 참에 이때다 싶은 생각이 들었던 나는 대문으로 달려갔다. 엄마와 언니는 아예 밖으로 나가서 동네 아주머니들과 함께 웅성대고 있었다.

그때 내 눈에 소방차를 만지고 있는 친구들의 모습이 눈에 들어왔다. 나는 친구들 옆으로 바짝 다가갔다. 그것도 잠시, 정차해 있던 소방차가 천천히 움직이며 도로를 올라가기 시작했고, 우리는 경호원이라도 되는 듯 소방차 옆에서 뛰기 시작했다. 불난 곳까지 따라가 불구경을 하겠노라고 암묵적으로 결의한 우리는 소방차가 산길을 반 바퀴 돌고 큰길로 접어들 때까지 열심히 뒤따라갔다. 소방차가 아무리 서행을 해도 초등학생이 따라가기는 쉽지 않아서 거리는 점점 벌어졌고 그럴수록 포기하는 친구들이 하나둘 늘어났다. 한번 마음먹으면 쉽게 포기하는 법이 없는 나는 한 명의 친구와 최종 주자로 남게 되었다. 하지만 슬리퍼가 자꾸만 벗겨지는 바람에 포기할 수밖에 없었다. 아쉽지만 그만 집으로 돌아가야겠다고 생각하던 차였다.

순간 소방차가 멀리 남부순환도로로 들어서더니 예술의 전당 초입에서 다시 일렬로 정차하는 모습이 보였다. 마치 소방차들이 나에게 이리로 오라고 손짓하는 것만 같았다. 보이지 않는 부름에 응답이라도 하듯이 헉헉거리며 다시 언덕을 뛰어 올라갔다. 무심하게도 소방차는 우리가 따라갈 수 없는 속도로 내달리다 시야에서 사라졌다.

우리는 멍하니 서로를 응시할 수밖에 없었다. 그때 친구의 두꺼운 오리털 잠바와 운동화가 눈에 들어왔다. 동시에 맨살에 닭살이 오소소 번지는 것을 느낄 수 있었다. 겨드랑이가 땀에 젖은 채로 얼고 있었다. 추위는 둘째 치고 맨발에 내복 차림인 내 모습도 부끄러웠다. 그러나 추위와 부끄러움이 문제가 아니었다. 정신없이 뛰어오느라 돌아갈 길을 전혀 염두에 두지 않았던 것이 더 큰 문제였다. 우리는 길을 몰랐다.

"야, 난 이사 왔잖아. 너 진짜 집에 어떻게 가는 줄 몰라?"

"나는 너 따라온 건데."

"……."

우리는 한참을 헤매고서야 겨우겨우 눈에 익은 동네를 찾을 수 있었다.

"넌 이제 죽었다."

숨을 고르며 초인종을 눌렀을 때 언니가 인터폰으로 속삭였다. 현관으로 향하는 그 짧은 길은 왜 그리 길던지.

'빗자루로 맞게 될까? 총채로 맞게 될까? 착한 셋째 언니가 무기가 될 만한 것들을 모두 감춰 줬으면 좋겠다.'

두려움에 떨며 현관을 들어서지도 나가지도 못하고 있는데 엄마가 소리쳤다.

"찬바람 다 들어오는데, 빨랑 안 들어오나?"

다행히 엄마의 손에는 매가 없었다. 이 세상에서 가장 불쌍한 표정을 짓는 나를 엄마가 잡아채며 방으로 끌고 갔다. 엄마는 혼날까 봐 잔뜩 움츠린 나에게 담요를 덮어 주며 꼭 끌어안았다. 나중에 안 사실이지만, 오인 신고로 소방차가 떠나고 언니와 엄마가 집으로 돌아왔을 때, 잠들어 있던 내가 없어진 걸 보고 엄마는 누군가가 침입해 나를 납치라도 해 간 것이라고 결론 내렸다. 엄마는 넋 나간 듯 온 동네를 돌아다니며 나를 찾아다니다 미친 듯이 소방차를 쫓아갔다는 내 목격담을 전해 듣고는 가슴을 쓸어내렸다. 그런데 내가 새벽 1시까지 들어오지 않자 걱정하던 차였던 것이다.

그날 나는 절실히 깨달았다. 사고는 작게 치면 죽도록 매 맞는데 비해 크게 치면 도리어 따뜻한 사랑과 위로를 받을 수 있다는 사실을.

그날 엄마는 내가 잠들 때까지 손발을 주물러 주면서 말했다.

"세상에나 손발이 불에 덴 것처럼 부었네! 니 손발이 여자한테 얼마나 중요한지 아나?"

나는 엄마를 모시고 차로 돌아오는 동안 옛 생각에 푹 빠져 있었다. 엄마는 큰 사고를 치면 도리어 따뜻한 사랑과 위로를 받을 수 있다는 걸 모르는지 풀이 죽어서 움츠리고 있었다. 추위에 퉁퉁 부은 엄마의 손과 발을 힐끔 보고선 히터를 올렸다. 그리고 말했다.

"엄마, 이제 보니 완전 청춘이네! 그런데 손발이 불에 덴 것 같다. 엄마, 손발이 여자한테 얼마나 중요한지 알아?"

엄마의
첫 경험

엄마가 꼭 해 봤으면 하는 첫 경험들
대학을 가고, 편리한 아파트에서 살아 보고, 유럽 여행을 가고, 운전을 하고, 새로운 친구를 만나고, 악기를 배우고, 이미자 씨 연말 공연에 가고, 올레길 혼자 걸어 보고, 화장법 제대로 배우고, 트레이너에게 운동을 배우고…….

엄마가 함께해 준 나의 첫 경험들
말을 하고, 걷기 시작하고, 동식물을 만져 보고, 아이스크림의 단맛을 느끼고, 한글을 배우고, 입학식에 가고, 배를 타고, 피아노 학원에 다니고, 친구와 싸우고, 거짓말을 하고, 수영을 배우고, 대학에 떨어지고, 첫 실연에 눈물 흘리고, 월급을 받고, 운전을 하고…….

2013년은 내게 참 가혹한 해였다. 온 마음을 바쳐 준비한 영화제작이 시나리오 단계에서 무산된 것이다. 시나리오를 열 번 가까이 뜯어 고쳤던 나는 온몸의 기가 다 빠져 나가는 것 같았다. 나는 더 이상 글을 쓰고 싶지도, 쓸 수도 없었다. 일이 틀어지니 조금씩 치매가 진행되는 엄마가 버겁게 느껴졌다. 차라리 엄마에게 더 충실할걸. 두 마리 토끼를 모두 놓쳤다는 자괴감으로 매일 아침 눈뜨는 게 지옥 같았다. 하루 일하면 일당을 받을 수 있는 일을 하는 게 낫겠다는 생각을 떨칠 수 없었다. 왜 살아야 하는지, 죽으면 어떻게 되는지 수없이 생각했다. 그때마다 나를 일으켜 세운 것은 다름 아닌 엄마였다. 내가 없어지면 외할머니처럼 될 엄마를 생각하니 정신이 번쩍 났다. 나는 오로지 그 힘으로 하루를 시작할 수 있었다.

그렇게 간신히 버티던 어느 날, PD와 점심을 먹고 일어나는데 옆집 아주머니로부터 전화가 걸려 왔다. 엄마가 계단에서 넘어진 것 같은데 팔다리에 피멍이 심각해 보인다는 것이었다. 급하게 집으로 향하는 동안 '드디어 올게 왔구나!' 생각되었다. 동시에 엄마와 내가 겪고 있는 이 지난한 과정에서 쏙 빠진 가족들이 원망스러웠다.

반포대교를 꽉 메운 차들로 속력을 좀처럼 낼 수 없었다. 나는 초조하게 한강을 내려다봤다. 강은 조용히 흐르고 있었다. 오늘따라 더 잔잔한 모습을 보자니 왠지 모르게 야속했다. 내 앞을 가로막는 차들까지 미웠다. 세상은 왜 이리 나를 가로막고 시련을 주는 건지 원망스러웠다.

집에 도착하자 닫힌 안방 문 너머로 엄마의 신음소리가 새어 나오고 있었다. 엄마의 혼잣말도 들렸는데, "엄마, 내가 왜 이카는 줄 모르겠어요!"라는 것 말고는 아무 말도 알아들을 수 없었다. 엄마의 입에서 '엄마'라는 말을 들어 본 적이 없는 나로서는 그 자체만으로 두려웠다.

"엄마, 많이 다쳤어?"

엄마는 흐느끼고 있었다. 엄마의 상태를 보니 마음이 다급해졌다. 양쪽 무릎에서 검고 푸른 피멍이 올라오고 있었다. 팔은 육안으로 보기에는 아무 이상이 없었는데, 조심스럽게 잡기만 해도 엄마는 엄청난 고통을 호소했다. 신속하게 정형외과로 갔다. 그러나 환자가 너무나 많았다. 한 시간 가까이 복도에서 대기하는 동안 혼자 중얼대는 엄마를 보며 사람들이 힐끔거렸다. 나는 사람들의 시선보다 엄마의 중얼거림 속에 박혀 있는 분노에 당황했다. 분노는 오빠와 아빠를 향하고 있었다. 아빠는 그렇다 치더라도 그리도 아끼던 오빠를 원망하는 모습은 낯설었다. 엄마는 자신을 제쳐 두고 돌아가는 집안의 부당함에 대해서 정확하게 인식하고 있었다. 집안의 종부로 살아온 엄마에게 치매 환자라는 낙인을 찍고 밀어내는 것을 정작 본인은 모를 줄 알았는데 아니었던 것이다. '다 알면서 그 시간을 어떻게 버텼을까?' 하고 생각하니 마음이 아팠다.

엄마가 말했다.

"외할머니가 니는 분명히 사람 될 거라고, 그래서 니한테 잘하라고 그래 쌌더만 니가 없었으면 내가 우째 됐을지 눈에 선하다."

나는 간신히 참았던 눈물을 터뜨렸다. 사람들이 나까지

이상한 눈빛으로 힐끔거리기 시작했다.

양팔에 금이 간 엄마는 4주간 깁스를 해야 한다고 진단받았다. 건강한 성인 기준으로 4주이므로 그보다 더 오래 걸릴 수 있을 것이었다. 엄마는 울상이 되었지만 나는 천만다행이라고 생각했다. 가파른 계단에서 머리부터 떨어지지 않은 것만으로도 감사한 일이었다.

엄마는 수저를 들 수도 없었다. 그것은 앞으로 식사부터 화장실까지 일거수 일투족 엄마를 도와야 한다는 뜻이었다. 하지만 그런 일상의 불편함은 아무것도 아니었다. 일상의 불편함보다 무서운 자괴감이 엄마를 좀먹고 있었다. 엄마는 자식에게 짐이 되는데 살아서 뭐하느냐고 끊임없이 되풀이했고 급기야 식사와 약을 거부하는 지경에까지 이르렀다. 그건 지금까지와는 또 다른 고통을 내게 안겼다. 식사와 약은 본인이 거부하면 억지로 먹일 수도 먹여서도 안 되기 때문이다. 도대체 내가 뭘 어떻게 해야 하는지 알 수 없었다. 엄마와 함께한 시간들 중 단연코 가장 고통스럽고 잔인한 시간이었다. 정말이지 다 포기하고 도망가고 싶었다.

그런 고통은 엄마가 나를 낳아 기르는 동안 수없이 겪었을 것이다.

"시집 안 간 나한테 자식 키우는 게 얼마나 힘든지를 대리

체험시켜 주는 거야?"

화를 억누르며 엄마에게 말했다. 나는 식사를 거부하는 엄마 때문에 내가 얼마나 고통받고 있는지 차근차근 설명했다. 엄마는 말없이 내 말을 들었다.

"그냥은 도저히 안 넘어가니깐 국에 밥을 말아 주라."

엄마는 국 한 대접을 후르르 삼키듯 겨우 먹어 치웠다.

나는 조금씩 적응해 가는 엄마가 고마워서 되도록 외출을 자제하고 집에서 시간을 보냈다. 문제는 엄마는 정형외과 환자이기 이전에 치매 환자라는 사실이었다. 깁스를 한 지 일주일이 지나자 사고 자체를 잊고 마음대로 깁스를 풀어헤쳐서 나를 당황하게 만들었다. 엄마가 깁스를 풀어서 병원에 갔을 때, 의료진은 뭐 이런 환자와 보호자가 있느냐는 식으로 우리 모녀를 바라보았다. 어쩔 수 없이 엄마의 상태를 알릴 수밖에 없었다. 의사 선생님은 아주 강경한 자세로 엄마에게 한 번만 더 깁스를 풀면 수술을 해야 하니 주의하라고 말씀하셨다. 수술이라는 말에 엄마는 덜컥 겁을 집어먹는 눈치였지만, 안타깝게도 그 효과는 고작 사나흘 지속됐을 뿐이었다.

그렇게 서로 힘든 시간을 보내는 동안 이상한 점을 발견하게 되었다. 세탁해 드린 속옷 개수와 남아 있는 개수가 달랐던 것이다. 집 안 곳곳에서 실수를 범한 엄마의 속옷을 찾는 일은 그리 어렵지 않았지만, 엄마가 치매를 앓은 후 처음 겪은 일이라 나는 심한 충격을 받았다. 나는 '치매=똥'이라는 공식의 트라우마를 가진 사람이었다. 이 상황을 어떻게 넘겨야 되는지 고민이 되어 잠이 오지 않았다.

나는 셋째 언니에게 하소연했다. 언니는 엄마가 깁스라는 생경한 상황에 놓이면서 일시적으로 보이는 현상일 수도 있다고 말했다. 심리적으로 안정이 되면 괜찮아질 거라고 위로도 했다. 그 말을 듣고 보니 생전 안 그러던 분이 가끔씩 새벽에 혼자 울고 계셨던 게 생각나서 예약한 날짜를 앞당겨 정신과를 찾았다. 의사 선생님은 사고의 충격으로 일시적인 섬망(譫妄) 증상이 나타난 것 같다며 복용 약에 다른 약을 섞어서 처방하셨다. 나는 '일시적'이라는 말에 얼마나 큰 위안을 얻었는지 모른다. 그제야 꽉 막혔던 숨통이 트이는 것 같았다.

그렇게 깁스를 푸는 날만을 기다리는데, 셋째 언니가 구원의 손길을 내밀었다. 자신이 당분간 엄마를 돌볼 테니 그동안 나 자신을 돌보라는 것이었다. 난 0.3초의 망설임도 없이 바로 받아들였다. 치매 환자에게 급격한 환경 변화는 좋지 않다는 것을 모르지 않았지만 엄마를 생각하기 이전에 내가 먼저 좀 살고 싶었다. 역시나 엄마는 셋째 언니 집에는 절대 가지 않겠다는 굳은 의지를 보였다. 나는 언니 집에서 밥이나 한 번 먹고 오자며 엄마를 설득했다. 그렇게 언니 집에서 저녁을 먹은 후 조심스럽게 일어나면서 말했다.

"난 일 때문에 나갔다 와야 해."

엄마는 상당히 불안해 보였다.

다행히도 엄마는 이틀 만에 언니 집 생활에 적응했다. 나와 달리 부드러운 성정을 지닌 언니 덕분에 엄마가 심리적으로 안정되어 가는 게 느껴졌다. 그럼에도 불구하고 엄마는 집에 가겠다고 혼자 집을 나서곤 했는데, 그럴 때마다 언니는 현명하게 잘 대처했다. 그 기간 동안 언니가 엄마에게 얼마나 신경을 썼는지는 엄마의 상태를 보면 이내 알 수 있었다. 우울감이 극에 달해 매일 밤 울던 증상도, 중얼거림도, 당신에게 상처 줬던 사람들에 대한 원망도 눈에 띄게 줄거나 없어졌기 때문이다.

2주 뒤 엄마를 모시러 갔을 때 언니는 조심스럽게 엄마의 대소변 문제에 대해 말을 꺼냈다. 우리는 긴 논의 끝에 성인용 기저귀를 써 보기로 결정했다. 중학교 시절에 여성용품을 사러 갈 때면 괜히 주위 눈치를 살폈던 것처럼 나는 조심스럽게 성인용 기저귀를 살펴보았다. 그리고 아주 오래전 첫 생리를 하고 두려워하는 내게 여성용품 사용법을 알려 주며

"괜찮다, 마. 니 나이 때 다 하는 자연스러운 현상인기라." 하던 엄마의 모습이 떠올랐다. 왠지 모르게 눈물이 핑 돌았다.

환경이 또다시 바뀌어서 불안했는지 그날 밤 엄마는 소변 실수를 했다. 나는 엄마에게 성인용 기저귀를 어떻게 착용하는지 차근차근 설명했다.

"엄마, 내년이면 엄마 나이 여든이야. 여든 살에 아주 자연스러운 현상이래. 엄마가 몰라서 그렇지 온 동네 어르신들도 다 차고 다닐걸. 그러니까 너무 부끄러워 마."

엄마의 등을 어루만지자 얼굴을 감싸고 깊은 자괴감에 빠져 있던 엄마가 천천히 고개를 들어 나를 보았다.

"진짜가? 사람들도 다 차고 다니나?"

순간 범위가 너무 넓은 거짓말을 했다는 생각이 들었지만 나는 그냥 밀어붙였다.

"응, 진짜야! 산에서 동네분들이 말씀하시는 거 들었어."

내 말에 큰 위로를 받았는지 엄마는 그제야 기저귀 봉투를 열어 보기 시작했다. 문득 엄마가 동네 사람들에게 직접 확인하면 어떡하나 싶어 덜컥 겁이 났다. 나는 엄마의 기억에게 무엇보다도 오늘 내 말을 가장 먼저 삭제해 달라고 부탁했다.

치매 9년 차 선물

어린 시절 나는 엄마에게 뜨개질로 직접 짠 토끼모자, 도널드덕 캐릭터 신발, 추풍령 휴게소에서 산 장난감, 쓰리세븐 가방, 진아동복 외투, 보온 도시락, 나이키와 프로스펙스 신발, 삐삐, 셀 수 없는 현금 등을 선물로 받았다. 그러나 정작 엄마는 당신 선물 살 돈이 있으면 책이라도 한 권 더 사서 보라며 달가워하지 않았다. 나는 그게 진짜인 줄로만 알았다.

엄마가 치매 판정을 받은 지 10여 년이 됐다는 게 믿어지지 않을 때가 있다.

"요즘은 좋은 약들이 많이 나와서 꾸준히 관리하면 옛날 어르신들처럼 심각해지지 않습니다."

의사 선생님이 말씀하셨지만, 엄마가 치매 판정받은 그날에는 그 어떤 소리도 내 귀에 들어오지 않았다. 집까지 오는 동안 나는 무작정 신께 기도했다. 10년만, 앞으로 10년만 엄마의 상태가 지금처럼 유지되도록 도와달라고. 10년이라는 기준이 도대체 어디서 나온 건지는 모르겠다. 다만 일흔이 넘은 엄마에게 10년은 꽤 긴 시간으로 생각됐다. 요즘 들어서는 딱 10년만 엄마를 보살피겠다는 모진 의미가 포함되어 있었던 건 아닌지 나에게 되묻곤 한다.

어느새 10년이라는 시간이 코앞으로 다가왔다. 시간이 어쩔 때는 썩은 내 나는 고인 물처럼 느껴지기도 하고, 또 어쩔 때는 도랑을 쌓아서라도 잡아 두고 싶은데 순식간에 빠져나가는 물처럼 느껴지기도 한다.

아직 1년이 남아 있으니 장담할 수는 없지만, 엄마의 치매가 천천히 진행되는 것으로 볼 때 내 기도가 하늘에 닿지 않았나 싶다. 이럴 줄 알았으면 그냥 20년이라고 기도할 것을.

10년 정도 시간이 흐르자 엄마에게 이제는 정확하게 본인의 상태에 대해서 알려 드릴 시간이 왔다는 생각이 들었다. 가끔씩 지나가는 말로 힌트를 준 적은 있었지만, 정확하게 알려 드린 적은 한 번도 없었다. 그게 엄마를 위하는 길이라고 생각했다. 하지만 서서히 진행되는 치매 속도를 조금이라도 늦출 비장의 카드가 필요했다.

치매 사실을 알려야 하는 상황 자체가 서글프기도 했지만 지금까지 잘 버텨 준 엄마에 대한 고마운 마음이 더 컸다. 나는 작은 선물을 드리기로 마음먹고 엄마가 좋아하는 것이 뭘까 생각해 보았다. 불고기, 곰국, 소면 등 먹는 것만 생각 나서 민망하고 죄송했다. 예쁘게 포장된 선물을 받고 엄마가 환한 미소를 지으면 좋겠는데 도무지 그 박스 안에 들어갈 만한 선물이 생각나지 않았다. 외투나 신발 같은 것 그러니까 당신에게 익숙하지 않은 물건들은 엄마는 입지도 가지려고도 하지 않았다. 심지어 마음먹고 사 드린 모피를 친척 할머니에게 그냥 드린 경우도 있어 고민스러웠다.

나는 엄마의 눈높이에 맞춘 선물이 좋겠다고 결론내렸다. 그것은 바로 엄마만의 앨범. 나는 열다섯 권이 넘는 가족앨범에서 엄마가 예쁘게 나온 사진을 색출하기 시작했다. 추려서 보니, 엄마의 독사진은 몇 장 되지 않았다. 앵글과 표정까지 심사 기준에 넣자 다섯 장밖에 남지 않아서 가족과 함께한 사진을 열 장 정도를 더 찾아냈다.

두 시간이 넘는 작업 시간 동안 온갖 시름을 잊고 있는 나 자신을 보면서 이게 엄마에게 드리는 선물인지 나에게 주는 선물인지 혼동이 됐다. 나는 심혈을 기울여 선정한 사진으로 앨범을 만들고 용돈도 함께 넣어 포장했다.

나는 정성 가득 준비한 선물을 엄마에게 드리며 당신은 지금 치매에 걸렸고, 오랜 시간 동안 얼마나 잘 버텨 왔는지 이실직고했다.

치매라는 단어는 엄마에게도 익숙하면서 무서운 단어. 치매라는 말을 읊조리다가 엄마가 되물었다.

"내가 치매가?"

엄마는 멍하니 나와 선물을 번갈아 보다 앨범 속 자신의 모습들을 오래 보았다. 한복을 입고 있는 사진을 가리키면서는 "곱네."라고 말하기도 했다. 엄마는 앨범을 한참 동안 손에서 놓지 않았다. 그런데 사진을 보는 엄마의 눈빛이 조금 이상했다. 사진을 보는 것이라기보다 지구 밖의 누군가와 교신하는 것 같다고나 할까. 종종 엄마의 그런 눈빛을 볼 때면 마음이 덜컥 내려앉았다. 도대체 엄마의 머릿속에 무엇이 있는지 궁금했다.

"엄마, 방금 무슨 생각했어?"

엄마는 아무런 대답도 하지 못했다. 봉투에 있는 돈을 세다 마음처럼 되지 않자 짜증을 내고는 안방으로 들어가 버릴 뿐이었다.

어느 부분에서 엄마의 심기를 건드린 것일까. 손바닥 뒤집듯 우울과 짜증을 오가는 엄마를 이해하기란 여간 어려운 일이 아니었다. 그때 안방 문이 열리며 엄마가 다가오더니 나에게 검은 비닐봉투를 건넸다.

"니가 만날 나 땜에 똥 빠지게 고생하는 거 다 안다. 고맙데이! 맛있는 거 사먹어라!"

봉투가 내 손에 닿자마자 나는 그 안에 든 게 돈이라는 것을 알 수 있었다. 나는 돈보다 엄마의 말투가 치매 걸리기 전처럼 멀쩡해서, 그 모습이 너무나 반가워서 눈물이 났다. 그 순간 어떤 깨달음이 왔다. 엄마가 넋 놓고 누군가와 교신 중인 듯한 모습을 보일 때도 지금 내가 느끼는 복잡한 감정들을 엄마 역시 똑같이 느꼈던 것은 아닐까 하고.

엄마는 봉투에서 한 움큼의 만 원 권 지폐를 꺼내서 나에게 건넸다. 세어 보니 98만 원이었다. 엄마는 그럴 리가 없다며 다시 세어 보라고 했다. 그랬더니 이번에는 97만 원이었다.

“바보 같은 게 돈도 못 세나. 오늘 아침까지는 분명 100만 원이었는데.”

나에게 돈을 빼앗은 엄마가 서툴게 돈을 세기 시작했다. 하지만 엄마에게 50만 원 이상은 무리였다. 온갖 짜증과 한탄을 섞어 하소연하더니 결국 돈 봉투를 들고 벌떡 일어났다.

“나 준다 그랬잖아. 그 돈 주고 가.”

나를 한심스럽게 바라보며 엄마가 말했다.

“내가 언제? 뭘 한 게 있다고 니한테 돈을 주노?”

문득 엄마표 음식이 그리워질 때

우리 집 대표 음식은 두 시간 넘게 끓인 멸치육수에 마당 장독에 푹 삭은 김치를 넣어 끓인 '김치국밥'이다. 그걸 먹고 커서일까? 내 시나리오는 어딘가 촌스럽고 세련되지 못하다는 이유로 매번 거절당했다. 엄마가 아메리칸 스타일로 밥상을 차려 줬으면 내 시나리오 스타일도 달라졌을까? 그래서 내가 그렇게 아메리칸 스타일로 차려 달라 했건만!

"난 처음엔 장모님이 개죽을 먹으라고 주시는 줄 알았어!"

우리 집 김치국밥을 처음 본 형부가 한 말이다. 30년 넘게 한여름을 제외하고는 거의 매일 김치국밥을 먹어 온 나로서는 아주 불쾌한 멘트였다. 물론 한때 김치국밥을 몹시도 싫어한 사람으로서 이해가 되지 않는 것도 아니었다. 토스트에 우유를 먹고 왔다는 친구를 보면 난 마치 장터에서 김치국밥 한 그릇을 뚝딱 해치우고 온 조선 시대 머슴처럼 느껴졌다. 왜 엄마는 그럴듯한 아침상을 차릴 생각은 안 하고 매일 똑같은 김치국밥만 내놓는 걸까? 불만이 쌓이기 시작했다.

불만은 급기야 도시락 반찬에까지 영향을 미쳤다. 엄마는 다른 건 다 봐줘도 음식 가지고 투정 부리는 건 못 봐준다며 가차 없이 도시락을 빼앗아 갔다. 엄마에게 많은 것을 바란 것은 아니었다. 단지 랩에 꽁꽁 싸야 하는 국물 많은 반찬보다는 쿠킹호일에 대강 싸도 되는 깔끔한 반찬을 바랐을 뿐이었다. 더 정확히 말하면 한쪽엔 가지런히 스팸이 놓여 있고 가운데는 소시지, 그 옆에는 달걀말이가 있는 도시락을 원했다. 그런데 엄마는 한쪽엔 볶음김치, 가운데엔 가지 무침과 도라지 무침 나머지 한쪽엔 멸치볶음, 콩자반 등을 넣어 줬다. 그것들은 물이 흥건했기 때문에 비닐 랩으로 꼭 싸야 했고 덕분에 내 반찬통은 촌스럽고 투박하기 그지없었다. 제사를 지낸 다음 날이면 엄마는 내 밥통보다 두 배는 큰 타파통에 온갖 나물과 전을 담아 주었다. 나는 촌스러움의 극치인 반찬을 친구들에게 나누어 주고, 그 친구들 반찬을 얻어 먹으며 감탄했다.

"캬, 이런 게 바로 젊은 엄마의 상징이구나!"

친구들의 엄마는 대부분 우리 엄마보다 열 살 이상 아래였다. 난 젊은 엄마들이 예쁘게 모양 낸 도시락에 감탄하며 친구들이 아침마다 먹는다는 아메리칸 스타일의 밥상을 상상했다.

불만이 극에 달한 사춘기 시절, 엄마의 도시락과 김치국밥이 싫어서 데모한답시고 굶은 적도 있었다. 하지만 한 끼라도 안 먹으면 손이 떨릴 정도로 식성이 좋았던 나는 이내 백기를 들고 말았다. 엄마와 신경전이 벌어지면 항상 내가 백전백승이었는데, 엄마는 유독 음식과 관련된 신경전에서는 일체 양보가 없었다.

나는 고등학교를 졸업할 즈음에야 엄마표 음식들이 결코 쉽게 만들 수 있는 것이 아님을 알게 됐다. 특히 김치국밥이 그랬다. 전날 밤 우려내는 멸치는 생산지에서 직접 배송 받는 것이었고, 신김치는 그 익기가 엄마만의 기준을 통과해야 했다. 달걀이 없는 경우는 거의 없었으나, 아빠와 싸움을 했거나 책값을 삥땅 친 우리 때문에 속 끓인 다음 날이면 엄마는 범인에게 절대 달걀을 주지 않는 방식으로 벌을 내렸다.

중학교 3학년 때의 일이다. 나는 1교시가 끝나 가도록 등교를 하지 못하고 있었다. 엄마가 늦잠을 잤던 것이다. 우리 집은 그랬다. 엄마가 늦잠을 자면 우리가 학교를 못 갔다. 이유는 하나, 밥 때문이었다.

담임 선생님의 전화에 엄마가 당당히 말했다.

"아, 제가 오늘 늦잠을 자서예. 애가 지금 국밥 먹고 있는데예. 좀 있다가 밥 되면 도시락 싸서 보낼게예."

태연하게 전화를 끊는 엄마와 달리 아빠는 점심은 사 먹으면 되니 빨리 학교에 가라고 나를 재촉했다. 급하게 국물을 들이켜며 일어나려고 하자 엄마가 버럭 화를 내며 말했다.

"다 먹고 살자고 하는 공분데, 천천히 먹고 도시락도 갖고 가라."

엄마의 승리였다. 나는 싸움에서 엄마가 이길 때도 있구나 생각하며 초등학생도 이미 등교를 마친 한가로운 거리를 유유자적 걸으며 학교로 향했다. 아무 생각 없이 3교시 중간에 들어가자 반 아이들이 나를 보고서 킥킥대며 웃었다. 짝꿍과 앞뒤 친구들이 날 보며 "니네, 엄마 짱!"이라며 연신 말했다. 쉬는 시간이 돼서야 담임 선생님이 아침에 벌어진 일을 반 친구들에게 말했다는 사실을 알게 되었다.

국밥과 밥의 차이가 뭐냐며 온갖 질문을 늘어놓는 친구들을 보며 나는 딱 죽고 싶은 심정이었다. 그건 너희 엄마는 어쩜 그렇게 촌스럽느냐는 말로 들렸기 때문이다.

역사에 남은 수많은 철학자들이 왜 그리도 인생의 부조리함에 대해서 파헤치고 또 파헤쳤는지 이제야 조금은 알 것 같다. 막상 엄마가 치매에 걸린 후 더 이상 그 김치국밥을 맛볼 수 없다는 사실을 깨닫고 나자 허전하다 못해 세상의 절반을 잃은 것 같은 뼈아픈 슬픔이 몰아닥친 것이다. 특히나 세상에 치여 잠 못 들고 일어난 아침에는 총총 썬 묵은지가 들어간 김치국밥이 그리웠다. 언니들에게 부탁해서 먹어 보기도 하고, 어설픈 솜씨로 흉내내 보기도 하고, 음식 전문가인 친구에게 레시피를 넘기고 만들어 보라고도 했다. 하지만 엄마의 김치국밥 맛을 흉내 낼 수 없었다.

사실 내가 먹고 싶은 건 단순히 국밥이 아닐지도 모른다. 내가 그리운 것은 엄마표 음식을 만들 수 있었던 예전의 엄마는 아닐까? 그 옛날의 엄마를 다시 만날 수만 있다면 나는 이렇게 말씀드리고 싶다.

"엄마, 국밥이 진짜 맛있어. 죽을 때까지 만날 먹으면 소원이 없겠다."

두 번째
기억 저장소

장소

엄마의 흔적을 찾아서

"엄마 금방 올 거니깐 빨리 들어가!"
창문을 닫으며 내가 말했다.
하지만 사이드미러 속에서 우두커니 지켜보는
엄마에게서 눈을 뗄 수 없었다.
동시에 내 마지막 인사가
실수였다는 사실을 깨달았다.
그동안 같은 모습으로 인사했고,
매일 밤 또다시 만났기 때문에
엄마는 이 이별의 의미가 무엇인지 모를 터였다.

아직도 사이드미러에 비친 엄마의 모습이 떠오른다.

내가 사라질 때까지 나를 보던 그 모습.

엄마와 나의 애틋한 이별의 순간.

엄마, 안녕! 또 놀러 올게.

백 살 감나무

"사람이 태어나서 아이를 한 명 낳고, 책을 한 권 쓰고, 나무를 한 그루 심으면 그 인생은 성공한 것이다."
이 말을 듣고 나는 그나마 가장 실현 가능성이 높은 나무 한 그루를 심기로 했다. 식목일에 나는 친구와 함께 소나무 묘목 한 그루를 사서 우면산에 심은 후 노끈으로 표시했다. 그러나 한 달 뒤 다시 그곳에 갔을 때 나무는 온데간데없었다. 고급 묘목을 알아본 등산객 중 한 명이 나무를 파 갔던 것이다.

시골집은 안채와 별채 그리고 사랑채로 나뉘어져 있는데, 안채와 별채 중간에 유독 키가 큰 감나무 한 그루가 우뚝 서 있었다. 시골에는 널린 게 나무라 나는 그 감나무에 특별한 관심이 없었다. 오히려 나무 뒤에서 뱀을 보고 거의 기절하다시피 한 이후로 그 나무를 증오하게 되었다. 태어나서 처음으로 뱀을 봤을 뿐만 아니라 내 발을 스쳐간 느낌 때문에 한동안 죽을 것만 같았다.

엄마는 감나무를 무척이나 아꼈다. 다른 집은 남은 음식을 소나 돼지에게 주는데, 엄마는 항상 감나무 아래에 묻었고 심지어 유통기한이 지난 우유까지 부었다. 그래서 뱀들이 더 많이 꼬이는 것은 아닐까 싶어 유통기한이 지날세라 우유를 벌컥벌컥 마셔 버린 적도 많았다.

어느 날 엄마는 감나무에서 떨어진 홍시를 하나 주워 나에게 먹어 보라고 했다. 기대 없이 먹었다가 너무나 달고 맛있어서 깜짝 놀랐다. 엄마는 백 살 정도 된 나무들은 주인이 자신을 어떻게 생각하고 있는지 다 알고 있고 그것에 따라 매년 다른 열매를 만들어 낸다고 믿고 있었다. 나는 열심히 껍질을 핥아 대며 엄마의 말을 이해하려고 애썼지만 감나무가 뱀과 감을 동시에 잉태하는 요물처럼 느껴질 뿐이었다.

사람 입은 다 똑같은지라 감나무에서 나오는 감을 노리는 사람들은 항상 줄을 섰다. 친척들은 우리 집에 마실 왔다는 핑계를 대면서 열 개 이상씩 따 가기도 했다. 우리 시골은 '하씨'만 모여 사는 집성촌이었다. 산으로 들로 뛰어놀다가 허기지면 아무 집에나 들어가서 간식과 밥을 배 터지게 얻어먹을 수 있었다. 그런 내가 감을 주기 싫다고, 따지 말라고 말릴 수도 없는 노릇이었다. 어쩌면 그때가 처음으로 재산권의 권리와 의무에 대해 곰곰이 고민했던 시기가 아닌가 싶다. 그만큼 맛난 감을 누군가 가져가는 것이 너무도 싫었다. 하지만 눈에서 멀어지면 마음도 멀어진다는 말처럼 중학교 3학년 때 이후로는 시골에 가지 않았기에 감에 대한 소유욕 역시 점점 내게서 사라져 갔다.

물론 내가 시골에 가지 않는다고 그 감이 날 찾지 않은 것은 아니다. 매해 겨울이 되면 서울 집 거실에는 대봉이 가득히 놓여서 익어 가는 과정을 온몸으로 보여 주었다. 하지만 나는 이미 햄버거나 치킨과 같은 새로운 간식 문화에 눈뜬 고등학생이어서 대봉감 따위에 눈길이 갈 리 없었다. 그런 내게 엄마는 반강제적으로 하루에 하나씩 홍시를 먹으라고 했다. 식구가 많은 덕분에 그 많던 감은 한 달도 안 돼서 한 줄, 두 줄 사라지기 시작했다.

엄마는 식구들에게 먹으라고 강요하기만 할 뿐 본인이 감을 먹는 법은 없었다. 언니들이 하나둘 시집을 가면서부터 감은 시골에서 분배되어 각자의 집으로 배송되었다. 나는 엄마 몰래 나에게 할당된 감을 직장 상사나 친구들에게 나눠 주었다. 감을 먹어 본 사람들은 이구동성으로 살 수만 있다면 구매하고 싶을 만큼 맛이 좋다고 칭찬했다. 자랑스러운 얼굴로 엄마에게 감을 팔 수 있느냐고 물었을 때, 엄마는 도리어 우리 입에 들어가기에도 부족한 걸 왜 파느냐며 화를 냈다. 백만 원을 줘도 안 팔 거냐고 되받아쳤더니 엄마는 억만금을 줘도 안 판다며 나에게 온갖 잔소리만 늘어놓았다.

감이 열리는 시기만 되면 언니들과 나는 감을 놓고 보이지 않는 신경전을 벌였다. 엄마가 가운데에서 그 신경전의 지휘권을 잘 유지하고 있었는데, 치매가 온 후로는 그 역할이 나에게 주어졌다. 나는 엄마처럼 현명한 사람은 아닌지라 내 지휘권은 철저하게 엄마와 내게 얼마나 잘하느냐에 따라 주관적으로 행사되었다. 그 즈음에서야 새삼 나는 새로운 사실을 알게 되었다.

이제껏 감을 싫어하는 줄로만 알았던 엄마가 실은 매우 감을 좋아한다는 것을. 재작년에 내가 먹을 감을 챙기다가 우연히 엄마에게 한 번 드려봤더니 얼른 접시를 받아 들고는 껍질까지 다 먹어 치우는 것이 아닌가? 그날 이후 나는 엄마에게 매일 감을 드리기 시작했다. 엄마는 당신이 감을 좋아하는지 어떻게 알았느냐고 감탄사까지 남발하며 매번 말끔하게 다 드셨다.

그렇다면 엄마는 왜 그토록 감을 싫어하는 척했던 것일까?

오래된 나무에서 열리는 감은 그 수량이 한정되어 있었고, 우리 집은 입이 많았다. 결국 엄마는 처음부터 고객 목록에서 자신을 뺀 것이었다.

그런 엄마가 치매로 자신의 임무를 잊어버리는 바람에 하고 싶은 대로, 먹고 싶은 대로 행동하게 된 것이다. 이렇듯 치매는 어떤 부분에서 환자 본인과 그 가족에게 예상치 못한 상황을 직면하게 해 주기도 한다.

엄마의 치매는 이 세상에서 어느 누구보다 엄마에 대해 잘 안다고 생각했던 내 오만에 대해 하나하나 일깨워 주고 있다. 더불어 있는 그대로의 엄마에게로 나를 데려다 준다. 그토록 두려워하고 증오했던 엄마의 치매라는 병이.

천억 원대의 유산

혼히들 힐링 장소 하면 CF에 등장하는 대나무 숲이나 고운 모래가 펼쳐진 해변 등을 떠올린다. 하지만 일상에서 답답할 때 바로 뛰어나갈 수 있는 곳이 힐링 장소가 되어야 하는 것은 아닐까? 그곳은 옥상이 될 수도, 놀이터가 될 수도 있다. 아끼는 사람의 손길과 숨결이 묻어 있는 곳이라면 그 어디든 힐링 장소가 될 수 있다.

자연과 가까운 환경에서 자란 탓인지 나는 이십 대부터 주말마다 산을 찾곤 했다. 그러다 보니 자연스럽게 내 주위에 산을 좋아하는 사람들이 모이기 시작했다. 친구들은 젊어서 그러면 도대체 나이 들어서는 뭐하고 놀 거냐며 볼멘소리를 했다.

하지만 시간이 흐르고 일이 바빠지기 시작하면서 정기적으로 산을 찾는 것이 힘들어졌다. 2003년 그날도 영화 홍보를 다녀오느라 새벽 5시에 집으로 들어오는 길이었다. 일에 치여 삶의 활력을 잃어 가던 시기였다. 그때 산에 가는 엄마와 마주쳤다. 엄마는 비가 오나 눈이 오나 항상 뒷산에서 2시간씩 운동했다. 엄마는 산에 갔다 오면 쌓인 피로를 풀 수 있을 거라며 산에 함께 가자고 제안했다. 엄마가 말하는 뒷산은 적당한 내리막과 오르막이 이어져 있어 한 바퀴 도는 데 10분 정도밖에 걸리지 않는 아주 작은 동산이었다. 난 최소한 청계산 정도는 되어야 산이라고 생각하는 사람이었기에 동산을 오르는 것이 하찮고 귀찮게 느껴졌다.

"엄마, 지금 장난해? 저게 무슨 산이야? 저런 건 그냥 언덕이라고 부르는 거야!"

나는 비아냥거리면서 엄마를 따라나섰다. 엄마는 나와 같이 산을 간다는 사실만으로 마냥 즐거운 눈치였다.

가파른 언덕을 오르니 커다란 참나무 한 그루가 보였다. 엄마는 그 나무 앞에 다가가더니 이상한 행동을 하기 시작했다. 마치 연인이라도 된다는 듯이 나무에 등을 비비다 두 팔을 벌려 안기도 했다. 난생처음 보는 엄마의 모습이 창피해 빨리 가자며 재촉했다. 엄마는 나무 기운도 받고, 스트레칭도 되는 일석이조 운동이라며 내게도 해 보라고 권했다. 하지만 나는 그 이상야릇한 행동을 실행에 옮길 수 없었다.

그렇게 엄마와 동산을 도는데, 세 바퀴째 접어들었을 때 내 몸에서 이상 신호가 느껴지기 시작했다. 평소에 내가 다니던 산과 비교하면 평지 수준의 산이었는데도 불구하고, 세 바퀴부터는 숨이 차고 힘들어서 자꾸만 엄마에게 뒤처지는 것이었다. 곧 일흔이 되는 엄마의 가뿐한 걸음을 뒤따라가는 것이 너무 힘들고, 또 왠지 모르게 부끄럽기도 해서 졸려서 집에 가야겠다고 핑계를 댔다. 엄마가 아쉬운 눈빛으로 말했다.

"나는 열 바퀴 마저 돌고 다리도 문질러야 하니까 먼저 내려가라."

열 바퀴라는 말에 식겁한 나는 혹시라도 엄마가 붙잡을까 싶어 쏜살같이 줄행랑쳤다. 집에 돌아와 얼마가 지났을까? 대문 열리는 소리가 들렸다. 시계를 보니 7시가 넘은 시간이었다. 나는 엄마에게 도대체 언제부터 운동을 시작한 건지, 관절염 있는 사람이 그토록 오래 걷는 것이 건강에 얼마나 해로운지 온갖 질문과 질책을 쏟아 냈다. 엄마는 3년 전 관절염 수술 후 운동을 시작했다고 한다. 의사가 몸무게를 10킬로그램 넘게 빼지 않으면 무릎에 심한 무리가 가니 꼭 운동을 하라고 했던 말을 새겨들었던 것이다.

엄마가 씩 웃으며 의기양양하게 말했다.

"저 산이 우습게 볼 산이 아닌기라. 10킬로그램을 우째 뺄꼬 딱 죽겠더만 벌써 13킬로그램 넘게 빠졌다."

13이라는 숫자에 충격을 받은 나는 그제야 엄마를 자세히 뜯어 봤다. 실제로 그 많던 뱃살이 다 사라진 것을 발견하고 나는 화들짝 놀랐다. 퇴원을 하고 집에 돌아왔을 때 잘 걷지도 못하면서 천덕꾸러기로 사느니 차라리 죽는 게 낫겠다며 하소연하던 엄마 모습이 생각났다. 엄마는 자식들에게 짐이 될까 봐 그동안 죽기 살기로 운동했던 것이다. 그 덕에 엄마는 오늘날까지 거동에 큰 불편함 없이 지내고 있다.

엄마의 끈기, 정신력에 깊은 존경심이 생겼다. 그날 이후 나는 우습게 여겨 왔던 뒷산을 종종 오르기 시작했다. 엄마는 산을 오를 때마다 참나무를 지나치는 법이 없었지만 야간 산행을 할 때만은 예외였다. 밤에는 나무도 잠에 드는 시간이니 깨우면 안 된다는 것이 엄마의 이상한 지론이었다.

그로부터 5년 뒤 엄마가 치매 진단을 받은 후로는 산을 혼자 오르게 됐다. 산에 갔다 오면 마음이 한결 단단해지는 것 같아 산을 찾는 횟수가 점점 늘었고 엄마처럼 열 바퀴를 돌고 스트레칭까지 하다 보니 운동 시간이 2시간으로 부쩍 늘어나 있었다. 엄마와 달리 야간형 인간이었던 나는 밤 시간을 주로 이용했다. 엄마와 함께 오르던 산을 홀로 오른다고 생각하면 종종 쓸쓸해질 때가 있었는데, 그때마다 나는 엄마가 쉬어 가던 참나무에 기대 잠시 호흡을 가다듬었다.

안타깝게도 그 참나무는 몇 년 뒤 벼락을 맞았다. 산에 올랐다 우연히 그 참담한 모습을 본 순간 왠지 치매 걸린 엄마와 오버랩 되었다. 엄마가 예전 모습으로 절대 돌아갈 수 없다는 걸 무자비한 방법으로 확인시켜 주는 것 같았다. 나도 모르게 눈물이 고여서 한참을 나무를 매만지며 우두커니 서 있었다.

나는 마지막으로 나무에게 인사했다.

"그동안 우리 엄마의 친구가 되어 줘서 고마웠고, 수고 많았어."

* 추신: 얼마 전 사유지였던 뒷동산을 서초구가 공원 조성을 위해 매입했다고 한다. 소문으로 도는 매입가는 무려 천억 원대에 육박한다. 그 이야기를 듣고 나는 깜짝 놀라지 않을 수 없었다. 여전히 산에 오르는 나로서는 엄마가 천억 아니 그 이상의 유산을 내게 물려주었다는 생각이 들었기 때문이다. 내가 마치 벼락부자라도 된 것 같았다. 나는 그 보답으로 매일 밤 운동을 마치고 신께 기도한다. 기도의 내용은 대부분 이렇다.
"제게 이런 좋은 산을 허락해 주시고, 이런 환경을 누릴 수 있는 건강한 육체와 글을 쓸 수 있는 정신을 허락해 주심에 감사드립니다. 부디 제 어머니, 이영호 여사의 몸과 마음을 지켜 주시고 보살펴 주십시오."

수산 시장과 국립묘지

수산 시장을 오갈 때는 빨리 운전면허를 따고 차를 사서 엄마 고생을 덜어 드려야지 다짐했었다. 그런데 막상 차를 사자 엄마의 고생이 끝났다. 인생은 너무나 아이러니하다.

우리 집은 참 제사가 많은 집이었다. 횟수로만 따진다면 안동의 명문대가 후손들이 모시는 이상이었다. 물론 기제사와 명절 제사에 따라 규모의 차이는 있었다. 하지만 서울에서 모시는 제사라고 대강 지냈을 거라 생각하면 오산이다. 대형 제사상 두 개를 꽉 채울 만큼 많은 음식을 했으니 엄마의 고생이 이만저만이 아니었다.

코흘리개 시절에는 달력을 보며 제삿날만을 손꼽아 기다렸다. 넘치는 음식을 먹으며 또래 아이들과 어울리고, 캠핑 온 것처럼 친척들과 거실에서 같이 자는 게 마냥 신났기 때문이다. 하지만 엄마의 어마어마한 스케줄을 돌이켜 생각해 보면 제삿날을 손꼽아 기다려 온 것이 미안해진다.

우리 집 제삿날 풍경은 대강 이랬다. 엄마가 새벽부터 일어나 음식을 준비하면 오후에 친척 할머니(촌수로 할머니일 뿐 실은 엄마보다 어리다.) 두 분이 도착해 엄마를 돕는다. 학교 수업을 마친 언니, 친척 오빠들이 도착하면 엄마는 그들을 위한 저녁상을 차리고 상을 치우면서 식사를 대강 때운다. 이후 친척 어르신들이 오면 다시 저녁상을 차리기 시작한다. 그러면서 한쪽으로 제사상에 올라갈 음식을 세팅하고 밤 12시가 지나면 한 시간 동안 제사를 지낸다. 그동안 엄마는 음식을 차리느라 엉망이 된 부엌을 정리하고 제사상에 올라갔던 나물들로 비빔밥을 만들어 다시 대식구의 새벽 상을 차린다. 친척들이 하나둘 잠자리에 들어도 엄마는 잠들지 못한다. 설거지와 뒷정리를 해야 하기 때문이다. 그렇게 모든 정리가 끝나면 새벽 3시가 넘는데, 그제야 엄마는 쪽잠을 잘 수 있다. 하지만 이게 끝이 아니다. 엄마는 6시 전에 일어나 친척들을 위해 다시 밥을 한다. 그렇게 엄청난 스케줄을 소화한 후 우리 5남매의 밀린 손빨래를 하면서 다시 일상을 시작하는 것이다.

나는 한 번도 엄마가 제사를 모시기 싫다거나 힘들어 죽겠다고 하소연하는 걸 들어 본 적이 없다. 만약 그랬다면 철없이 제삿날을 손꼽아 기다릴 수만은 없었을 것이다. 나는 심지어 엄마가 나처럼 제사를 좋아하는 것은 아닌가 생각했다. 그런데 정부에서 통금을 해지했을 때, 가장 좋아한 사람은 엄마였다. 제사가 끝나면 친척들이 자기 집에 가서 잘 수 있기 때문이었다. 그제야 친척들이 우리 집에서 자지 않으면 엄마의 휴식 시간이 그만큼 늘어날 수 있겠다는 생각이 들었다. 그날 이후로 나는 제삿날을 온전히 즐기지 못했다.

조금 크고부터는 제사 전날 시장을 볼 때 엄마는 나를 데리고 다녔다. 언니들은 숙제다 뭐다 다 바쁘다는 이유가 있긴 했지만 아무리 그래도 그렇지 어린 초등학생을 끌고 시장에 가는 엄마를 도무지 이해할 수가 없었다. 수산 시장은 버스를 타고 가야 할 만큼 멀었다. 나는 그저 집으로 돌아가고 싶은 마음뿐이었다.

엄마는 시장에 내 몸집만 한 양은 찜통을 들고 갔다. 시장에서의 내 임무는 찜통을 지키는 것이었다. 엄마는 시장에서 구입한 생선과 낙지 등을 찜통 안에 넣고 사라지고 넣고 사라지고를 반복했다. 찜통 옆에 서 있는 나를 힐끔거리는 사람들의 시선과 온갖 생선 비린내 때문에 그 시간은 너무나도 길게 느껴졌다. 심지어 어떤 아주머니는 내게 다가와 찜통 안에 도대체 어떤 물건을 넣어 놓고 파느냐며 뚜껑을 열어 보기도 했다. 그러면서 연민의 눈빛을 던지는 바람에 생전 처음 수치심이라는 감정을 느꼈다. 집으로 돌아갈 즈음이면 장시간 찜통만 지켜 온 나는 엄마에게 온갖 짜증을 냈다. 집으로 돌아올 때도 엄마는 항상 그 무거운 찜통을 머리에 이고 힘겹게 버스정류장으로 향했다. 택시 한번 타는 법이 없었다.

장을 보고 돌아오는 길이면 동화책 한번 읽어 준 적 없던 엄마도 당신의 어릴 적 얘기며, 귀신 얘기며 다양한 얘기를 들려주었다. 그중에서 전쟁 얘기가 가장 흥미진진했다. 그 스토리의 바탕이 되는 국립묘지를 보면 묘한 기분이 들었다. 엄마는 버스가 국립묘지를 지날 때면 항상 묵념을 하였지만 나는 제대로 따라한 적이 한번도 없었다. 솔직히 나는 찜통 안에서 헐떡거리며 죽어 가는 생선을 위해 묵념한 적이 더 많았다. 국립묘지에 있는 분들은 이미 죽은 사람일 뿐이라고 생각했다. 본 적도 없는 사람들은 그렇게 기리면서 눈도 마주친 살아 있는 생선들은 왜 죽어 마땅하다고 생각하는지 이해할 수 없었다.

어느새 나는 엄마 혼자 들던 찜통을 같이 나눠 들 수 있을 만큼 자랐다. 한 가지 확실한 것은 어린 시절의 내가 그 찜통을 지키지 않았다면 엄마 혼자 낑낑대며 들고 다녀야 했을 것이 분명하다는 사실이다. 그렇게 있는 고생 없는 고생 다했던 엄마는 일흔을 앞두고 제사를 오빠네로 물려주었다.

인생은 너무나 아이러니하다.

어린 시절 수산 시장을 오갈 때는 빨리 운전면허를 따고 차를 사서 엄마의 고생을 덜어 드려야지 다짐했었는데, 막상 차를 사자 엄마의 고생이 끝났던 것이다.

그 고생이 뼛속 깊이 박혀서일까? 엄마는 현재도 본인이 제사를 모시고 있다고 생각할 때가 종종 있다. 한창 안 좋을 때는 눈만 뜨면 "내일이 설 명절이다." "오늘이 추석 명절이다." 하면서 불안해한다. 그럴 때면 나는 달력을 코앞에 갖다 대고 설명한다.

"엄마는 어떻게 1년 중 200일이 명절이야?"

하지만 어느 순간부터는 엄마의 생각을 바꾸려고 하지 않았다. 엄마는 하루에도 몇 번씩 과거나 미래로 여행을 떠나곤 하니까. 인상 깊은 것은 엄마의 시간 여행에 언제나 내가 동행하고 있다는 점이다.

병원 진료를 끝내고 집으로 돌아오는 길이었다. 나는 눈에 띄게 변한 수산 시장 주변을 엄마에게 보여 주며 엄마와 찜통을 지고 시장을 오갔던 지난 추억들에 대해 말했다. 엄마는 대부분 그 순간들을 기억하고 있었다. 그러나 엄마의 기억이 온전하지 못하다는 것은 국립묘지 앞에서 들통나고 말았다. 국립묘지가 코앞인데도 엄마는 묵념을 하지 않았던 것이다. 나는 비상등을 켜고 그 앞에 차를 세우고선 묵념에 대한 엄마의 기억을 상기시켜 보았다. 엄마는 그제야 생각났다는 듯 얼른 고개를 숙이고 묵념을 했다. 엄마 옆에서 짧게 묵념을 마치고 내가 물었다.

"엄마, 뭐라고 묵념했어?"

그날 엄마가 쑥스럽게 돌아보더니 대답했다.

"너 잘되게 해 달라고 빌었지."

엄마는 집으로 돌아오는 내내 나에게 기도와 묵념의 차이에 대한 긴 연설을 들어야 했다.

남해의 보리암

두 친구의 어머니가 작년에 각각 돌아가셨다. 같은 병이었지만, 한 분은 2년 동안 항암 치료를 받았고, 다른 한 분은 치료를 거부해서 3개월 만에 호스피스 병동에서 돌아가셨다. 그로부터 1년이라는 시간이 흐른 지금, 한 친구는 고통스럽게 치료를 받고 돌아가실 줄 알았으면 항암 치료를 하지 말았어야 한다고 후회하고, 한 친구는 강제로 치료를 받게 했다면 어땠을까 후회하고 있다. 나는 당시 친구들의 선택이 최선이었으리라 생각한다. 다만 부모님을 보낸 후에는 어떻게든 후회는 남는다. 그것이 불변의 진리일 것이다.

엄마가 치매 진단을 받고 '부인, 분노, 타협, 수용 단계'를 거치는 동안 나는 마치 내일 당장 무슨 일이라도 일어나기라도 할 것처럼 엄마를 괴롭혔다.

나는 외할머니의 영정 사진을 기억했다. 사진으로는 기억 속의 곱던 외할머니의 모습을 전혀 찾아볼 수 없어 아쉬웠기 때문이다. 나는 엄마를 스튜디오에 끌고 가다시피 해서 영정 사진을 찍었다. 그런 날 보며 언니들은 아직 너무 이르다며 우려의 목소리를 냈다. 하지만 충격과 혼란의 한복판에 서 있었던 나는 내 생각과 결정대로 밀어붙일 수밖에 없었다. 엄마 역시 거금을 주고 사진을 찍는 상황을 눈치채고 언짢아하셨다. 나는 엄마의 마음보다는 제대로 된 엄마의 사진이 필요하다는 내 마음에만 집중했다. 그 덕분에 꽤 좋은 사진을 건질 수 있었지만 9년이라는 시간이 흐르는 동안 그 사진은 장롱에 처박혀 먼지만 쌓이고 있다.

만족스러운 사진을 손에 넣은 다음에는 가기 싫다는 사람들을 억지로 설득해 여행 스케줄을 짜기 시작했다. 나는 삼천포를 끼고 남해를 한 바퀴 도는 일정을 잡았다. 이제 어딜 돌아다니는 게 힘들다며 불평을 늘어놓던 엄마는 정작 여행이 시작되자 맛있는 음식을 먹으며 돌아다니는 게 즐거운 눈치였다.

우리는 남해 명소 중 한 곳인 보리암에도 갔다. 보리암은 고려 말 이성계가 새로운 나라를 세우고자 오랜 시간 기도를 올렸던 곳이다. 나는 영험하다는 그곳에서 지금처럼만이라도 엄마의 정신을 유지시켜 달라고 기도하며 불공을 올리고 싶었다.

보리암까지 가려면 주차장에 차를 세우고 가파른 언덕을 한참 동안 올라가야 했다. 일흔을 넘긴 엄마에게는 무척 힘든 길이었다. 나는 급한 마음에 엄마를 언니에게 맡기고 성큼성큼 혼자 올라가 보광전에 가서 엄마를 위한 불공을 드렸다.

내가 나올 때쯤에야 엄마와 언니 가족이 모습을 드러냈다.

엄마와 언니는 숨을 고른 후 천천히 절을 둘러보기 시작했다. 엄마는 보광전 앞에서 고개를 숙이고 기도했다. 엄마는 지금껏 그래 왔던 것처럼 자신을 위한 기도가 아닌 자식들을 위한 기도를 할 것이었다. 나는 엄마에게 다가가 이제는 자신을 위해 기도를 하면 좋겠다고 말씀드렸다. 엄마가 그 누구도 아닌 자기 자신을 우선순위로 두고 보살피기 바랐기 때문이다.

가파른 절벽에 위치한 보리암은 새해 첫날 해맞이 장소로도 유명한 곳답게 사방이 탁 트인 아름다운 모습을 선사해 주었다. 뜨거운 햇살까지 내리쬐자 푸른 바다는 비단결처럼 춤추었다.

엄마는 그 풍경을 한참 동안 넋을 놓고 보다가 심각한 표정으로 우리를 돌아보더니 자신이 죽으면 화장을 해서 이곳에 뿌려 달라는 의미심장한 말을 했다. 그 당시 엄마는 이제껏 한 번도 유언을 남긴 적이 없었다.

"아빠가 아시면 펄펄 뛰실걸. 엄마는 종부이기 때문에 무조건 선산에 모셔야 한다고 그러시던데."

우리는 놀라움을 감추고 태연히 말했다.

"하 씨 집안에 시집 와가 평생 고생한 것도 억울한데 죽어서도 거서 떠돌라고? 말 같은 소릴 해라!"

엄마가 짜증스럽게 말씀하셨다. 그날 엄마는 절에서 내려오는 내내 언니와 내게 화장을 해서 망망대해에 뿌려 주면 왠지 가슴이 탁 트일 것 같다는 말을 여러 번 했다. 나는 엄마가 왜 그런 말을 하는지 너무나 잘 알았지만 속상한 마음은 어쩔 수 없었다.

"화장을 했는데 뭔 가슴이 있어!"

나는 팩 소리치고 후다닥 먼저 내려와 버렸다.

얼마 전 TV에서 화장 장면이 나왔다. 나는 보리암 일이 생각나서 엄마에게 다시 한 번 화장에 대한 생각을 물었다. 엄마는 "아니, 우리 집안에 대대로 내려오는 선산이 있는데 거로 가야 되지 않겠나?"라고 답했다. 보리암에 갔을 때 엄마가 했던 말을 다시 상기시켰지만, 엄마는 한 치의 흔들림도 없었다.

"나는 네 아부지 옆에 묻혀서 평생 고생시킨 죗값 저승 가서라도 꼭 받아 낼 기다!"

정신이 맑았던 몇 년 전까지 엄마는 자신이 원하는 부분에 대해 정확하고 반복적으로 말했기 때문에 나는 엄마가 진짜로 원하는 게 뭔지 알고 있는 편이다. 하지만 묘지의 경우는 잘 모르겠다. 집안의 위신과 전례가 무엇보다도 중요한 아버지와 달리 나는 엄마가 진짜 원하는 게 무엇인지가 더 중요하기 때문이다. 그걸 알아내야 한다는 의무감을 가지고 요즘도 가끔씩 엄마에게 묻기도 하고 엄마를 위한 길이 무엇일까 스스로 질문해 보기도 한다. 하지만 아무리 생각해도 결론이 나지 않는다. 그래도 큰 걱정은 없다. '순리'를 따르기를 좋아하는 엄마를 생각하면 이 순리라는 친구가 결정적인 순간에 도움을 줄 거라 믿기 때문이다.

하동, 공시지가 최고의 땅

첫 직업을 갖게 된 해에 어렵사리 오백만 원을 모았다. 하지만 얼마 못 가 그 돈을 주식투자로 모두 잃었다. 엄마는 그런 나를 쓰레기 취급했다. 술, 담배만 하지 않으면 뭘 해도 좋다더니 나를 죄인 취급하는 엄마가 미웠다. 백억 대 재산을 과천 경마장에서 다 날린 동네 아저씨와 나를 비교할 때면 도무지 참을 수 없었다. 그때마다 엄마에게 대들었지만 공돈을 바라는 게 그럼 정상이냐는 엄마의 질문에 달리 대꾸할 말이 없었다. 그 뒤로 나는 한 번도 주식을 사지 않았다. 공돈이 싫어진 것은 아니고, 주식은 나처럼 게으른 사람에게는 절대 맞지 않는다는 걸 돈 오백만 원으로 뼈저리게 배웠기 때문이다.

1980년대 성장기를 보낸 방배동에는 부자가 참 많았다. 그런 집은 가사를 도와주는 아주머니가 따로 있었고 시장 본 짐은 자가용으로 실어 날랐다. 비 오는 날 차를 타고 등교하는 친구들을 본 후로는 '그라나다'나 '로얄프린스' 같은 검은 세단을 짝사랑하게 되었다. 나는 우리 집도 얼른 차 한 대 좀 사자며 엄마를 괴롭혔다. 그럴 때마다 엄마는 자가용은 사장님 같은 부자들만 타고 다니는 거라며 나를 설득했다. 하지만 4학년 짝꿍 집에 숙제를 하러 갔다가 나는 신문기자인 친구 아버지가 차를 산 것을 보았다. 그제야 엄마가 나에게 거짓말을 했다는 것을 알게 되었다. 주말에 커다란 튜브를 차에 싣고 온 가족이 바닷가로 놀러가는 광경을 목격한 후로 나는 '행복의 최대치=검은 세단'이라는 공식을 갖게 되었다.

방학 때 무거운 짐 가방을 들고 완행버스에 오를 때면 그 행복 공식이 생각나 울분이 치밀곤 했다. 그런 마음을 간신히 누르고 시골에 도착하면 별채에 살면서 땅을 돌봐 주시는 소작농 가족이 언제나 우리를 기다리고 있었다. 그분들이 짐을 받아들면 우리는 안채로 향했다. 방 안은 땔감을 피워 훈훈했고, 저녁상은 언제나 차려져 있었다. 그곳에 한 달 남짓 머무는 동안 그들은 나를 부잣집 막내딸이라며 공주 대접을 해 주었다.

어린 나는 어리석게도 언젠가부터 동화책에 나오는 '머슴'이라는 계급을 그 가족들에게 대입하기 시작했다. 당시 서울에서 충족하지 못한 '부'에 대한 울분을 그 가족에게 잘못 풀었던 게 아닌가 싶다. 그러던 어느 날 '주인'과 '머슴' 관계를 그 집 막내딸에게 말했다가 서로 머리끄덩이를 잡고 몸싸움을 벌이게 되었다. 그 사실을 전해 들은 엄마는 나를 집 뒤에 있는 대나무 밭으로 끌고 가 때리기 시작했다. 엄마는 땅의 주인은 그 땅을 일구는 사람이고, 우리는 땅에 대해서 쥐뿔도 모르고 다만 운 좋게 물려받은 것일 뿐인데, 어떻게 네

입에서 '주인'이니 '머슴'이니 하는 말이 나올 수 있냐며 소리쳤다. 나는 온몸으로 감기는 대나무의 따끔한 찰기를 느끼느라 뭐라 대꾸할 정신이 없었다. 엄마는 그런 나를 때리고 또 때렸다. 그 결과 나는 "우리는 누구의 주인도 아니고 부자도 아니다. 사람은 자기 분수를 알아야 된다."라는 말이 자동으로 튀어 나오는 로봇으로 변신할 수 있었다. 그날 나는 원통한 마음을 간신히 억누르며 대나무 밭을 기다시피 해서 나왔다. 그런데 별채에서도 한동안 막내딸의 비명소리가 들려왔다. 나만 혼난 게 아니라는 사실을 깨닫자 그나마 울분을 조금은 삭힐 수 있었다.

그날 밤 대청마루에 누워 '내가 매 맞은 횟수가 많을까, 저 빛나는 별의 수가 많을까?' '우리는 부자일까, 아닐까?' 등에 대해 고민했다. 세단은커녕 택시도 못 타는 엄마를 생각하니 아무리 생각해도 우리는 가난 쪽에 더 가깝다는 생각이 들었다.

몇 년 뒤 소작농 가족이 도시로 떠난 후 시골집과 땅을 지킬 사람이 없어지자 여기저기 문제가 생기기 시작했다. 그때마다 엄마는 외할머니에게 돈을 빌려 감나무와 밤나무를 몇 백 그루씩 심어 다시 소작을 주는 방식으로 우리 땅을 지켰다. 그렇게 엄마가 동분서주하며 땅을 지켜 오는 동안 우리 집에는 이상한 일들이 터졌다. 오빠가 신라호텔에서 초호화 결혼식을 올리고, 부모님께서 사 준 아파트와 자동차가 하루아침에 없어지는 등 귀신이 곡할 노릇이 생긴 것이다. 물론 사건의 빌미를 제공한 사람은 아빠였다. 그 무렵 엄마에게 상의 없이 진행되는 일들 때문에 집에서는 불꽃 튀는 부부 싸움이 자주 났다.

몇 년 뒤 나는 아빠와 오빠가 엄마 몰래 시골 땅을 담보로 대출받고 있다는 사실을 알게 되었다. 엄마가 그 땅을 지금껏 어떻게 지켜 왔는지 알고 있었기에 나는 법의 도움을 받아서라도 대출을 막아야 된다고 생각했다. 하지만 엄마는 땅은 어차피 자기 주인을 알아보고 움직이기 때문에 대통령이 나서도 막을 수 없다고 했다. 또 우리에게는 방배동 집이 있으니 걱정할 필요가 없다며 도리어 나를 위로했다. 하지만 아빠는 기어이 방배동 집까지 팔아 버렸다. 시골 땅을 팔 때까지만 해도 자신들은 출가외인이라 관여하지 않겠다던 언니들도 방배동 집까지 팔았다는 이야기에 길길이 뛰기 시작했다.

나는 서럽다 못해 기가 막혔다. 엄마가 치매에 걸리지 않았다면 벌어질 수 없는 일이었다. 그걸 막지 못했다는 사실이 나를 괴롭혔다. 엄마에 대한 걱정으로 잠이 오지 않았다. 엄마가 알게 되면 충격을 받을 것이고, 그 충격이 분명히 치매의 진행 속도에 영향을 미칠 것이기 때문이다. 방배동 집이

팔렸다는 사실을 알 리 없는 엄마는 가끔씩 방배동 집에서 죽음을 맞이하고 싶다는 의미심장한 말을 꺼냈다. 안타깝고 괴로웠다. 그렇게 30년 넘게 살던 집을 2년 전세를 끼고 팔자, 소문은 삽시간에 퍼져 나가기 시작했다. 집이 팔린 지 넉 달째 되던 날 엄마가 드디어 나에게 집을 팔았는지에 대해 물었다. 화들짝 놀란 나는 해결사라도 되는 양 엄마에게 온갖 공수표를 날리며 걱정을 덜고자 했지만 엄마는 하루 동안 아무 것도 먹지 않고 머리를 싸매고 누웠다. 나는 엄마가 충격을 받고 병이라도 나면 어떡하나 싶어 걱정이 앞섰다. 다행히 다음 날 엄마는 아무렇지 않게 일어나 일상을 이어 갔다.

"괜찮다. 우리한테는 하동 집이 안 있나? 하동 집이 방배동 집보다 훨씬 비싼 거 모르제?"

엄마의 얼굴은 득의양양했다. 하지만 그것은 말이 안 된다. 나는 남편의 허물을 덮어 주기 위한 엄마만의 합리화인지, 단지 엄마가 치매 환자여서 현실성이 떨어지는 생각을 하는 것인지 지금도 가끔씩 궁금하다. 물론 알 도리는 없다.

엄마, 길을 잃기 시작하다

"사람들은 항상 자신이 결정하지 않은 일들을 겪게 된단다.
그럴 때 우리가 결정할 수 있는 건 그 시간에 무엇을 하느냐는 것이지."
— 영화 「반지의 제왕」 간달프의 대사 중에서

2013년 봄바람이 불던 어느 날, 홍대에서 커피를 마시던 중이었다. 엄마가 아빠와 함께 시골집에 내려간 틈을 타서 나는 오랜만에 자유를 만끽하고 있었다. 만개하는 꽃들에 뒤질세라 한창 이야기꽃을 피우는데 한 통의 전화가 걸려 왔다. 사당역 교차로의 한 파출소에 있는 엄마를 데려 가라는 다급한 전화였다. 나는 허겁지겁 자리에서 일어나 사당으로 향했다.

이른 아침 아빠와 싸우고 혼자 서울로 상경하던 엄마는 길을 잃었다. 나는 엄마, 아빠가 싸웠다는 사실보다 엄마가 집을 찾지 못했다는 사실에 마음이 무거워졌다. 엄마가 이제 혼자서 집을 찾을 수 없을 정도로 치매가 진행됐다는 사실을 인정하지 않을 수 없었던 것이다. 그런 엄마를 홀로 보낸 아빠에 대한 원망이 가시지 않았다.

엄마는 사당역 교차로 한복판 교통 상황실에서 누군가와 친근하게 대화를 하고 있었다. 엄마는 소파에 거의 눕다시피 걸쳐 앉아 집으로 귀가한 딸을 맞듯이 나를 바라보았다. 엄마가 길을 잃은 사실도 문제지만 그곳에서 아무렇지 않게 행동하는 게 더 심각하다고 생각했다. 현실을 인지하는 감각이 현저히 떨어져 보였기 때문이다.

교통 경찰관에게 들은 사건 경위는 이러했다. 엄마는 고속버스 터미널에서 택시를 타고 방배동으로 가자고 했으나 정작 방배동에 도착해서는 정확한 위치를 설명하지 못했다. 결국 택시기사가 한참을 헤매다가 이곳에 도움을 요청한 것이다. 경찰관은 치매 어르신을 어떻게 혼자서 장거리 이동을 시키느냐며 나에게 호통을 쳤다. 휴게소 같은 데서 실종된 후 객사하는 분들이 상당히 많다고 했다.

나는 화끈거리는 얼굴을 매만지며 물끄러미 엄마만 보고 있었다. 나는 간절하게 묻고 싶었다. 1남 4녀 중 막내인 나에게 왜 전화를 걸었느냐고. 가족관계증명서를 떼서 장남이나 장녀를 먼저 부르지 왜 나한테 그러느냐고 소리쳐 묻고 싶었다. 창피하고, 부끄럽고, 원망스러웠다. 미처 감사하다는 말도 제대로 하지 못한 채 엄마의 손을 잡고서 문을 박차고 나왔다. 엄마는 나와 단둘이 남게 되자 조금 전과 달리 내 눈치를 살피는 모습이 역력했다. 차에 타자마자 나는 엄마에게 버럭 소리를 지르고 말았다.

"왜 나한테만, 도대체 왜 나한테만 이러는 거야?"

엄마는 당신이 뭘 어쨌는데 소리를 지르고 난리냐며 화를 냈다. 싸움은 늘 이런 식이다.

"말하면 알아? 엄마가 날 얼마나 괴롭히고 힘들게 하는지 말하면 아느냐고?"

엄마는 말없이 뭔가를 생각하는 눈빛이었고, 나는 얼른 시선을 돌려 시동을 걸었다. 우리는 말없이 집으로 돌아왔다.

엄마는 거실로 들어서며 어색한 분위기를 한 방에 날려 보려는 듯 명랑하게 "우리 집에 오니 이렇게 좋네." 하고 말했다. 나는 대꾸하기 싫었다. 엄마는 내 눈치를 살피며 물 한 잔만 달라고 하고는 소파에 누웠다. 나는 투덜대며 물을 가져다가 엄마 앞에 들이밀었다. 그런데 물잔을 받아 드는 엄마의 손을 본 순간 모든 걸 감지할 수 있었다. 물잔을 든 엄마의 손이 바들바들 떨리고 있었던 것이다. 엄마 역시 매우 놀랐던 것이 분명했다.

나는 애잔한 마음에 차마 자리에서 일어나지 못하고 엄마를 물끄러미 내려다보았다. 그때 엄마가 슬그머니 내 손을 잡았다. 나도 엄마도 아무 말 없이 한참 동안 그 자세로 서 있었다.

시간이 얼마나 흘렀을까? 엄마가 잠든 것 같아 조심스럽게 소파에서 일어났다. 그때 엄마가 잠꼬대처럼 말했다.

"살아 보니 부모 자식 간이 다 같은 부모 자식 간은 아닌 것 같대. 그중에서도 유독 인연이 깊은 부모 자식이 따로 있는 기라. 그냥 업보라고 생각해라."

순간 눈물이 핑 돌았다. 엄마의 몸은 여전히 미세하게 떨리고 있었다. 마음을 가다듬고 애써 안 자느냐고, 왜 이렇게 떠느냐고 물었다.

"오늘 내가 너무 놀래가."

나는 엄마의 손을 부여잡고 소리 죽여 울었다. 길을 잃고 헤맬 때 누군가 자신의 손을 따뜻하게 잡아 주길 얼마나 원했을까 생각하니 눈물이 멈추질 않았다. 엄마는 치매에 걸려도 영원한 엄마이기에 그 어떤 상황에서도 자식에게 먼저 손을 내밀 수밖에 없는 처지였을 것이다.

그날 나는 많은 걸 느끼고, 배우고, 반성했다. 평소 나는 아이를 기르는 친구들이 겪는 일상을 들으며 엄마와 내가 겪고 있는 과정과 상당 부분 비슷하다고 생각했다. 그 생각은 곧 행동에 영향을 미쳐 나는 엄마를 마치 어린아이 다루듯 대하곤 했다. 그런데 치매 걸린 엄마는 절대 어린아이로 돌아가는 과정에 놓인 사람이 아니었다. 비록 모든 면에서 쇠락해 가지만, 엄마의 뼛속에는 엄마라는 DNA가 움직이고 있었던 것이다. 부끄럽고 송구스럽다는 생각이 머릿속을 온통 헤집고 돌아다녀서 도저히 잠들 수가 없었다. 그제야 교통 경찰관이 왜 내게 호통을 쳤는지 이해할 수 있을 것 같았다.

요양원,
그것이 알고 싶다

스마트폰을 10분만 손에서 내려놓고 엄마의 눈동자를 들여다보면 엄마의 하루 컨디션을 읽을 수 있다. 시간을 조금 더 들여서 지켜보면 엄마가 내게 미처 말하지 못하는 것들을 볼 수 있다. 조금만 진심을 담아 들여다보면 세상이 무너져도 변하지 않을 사랑을 읽을 수 있다.

"어휴, 막내는 어쩜 그렇게 효녀야?"

동네 어르신들은 나와 마주칠 때마다 그렇게 말했다. 어깨가 으쓱해질 때도 없었던 것은 아니지만, 그 말이 내 발목에 쇠고랑을 채우는 것처럼 무겁게 느껴질 때도 있었다. 그런데 엄마가 집을 찾지 못하는 사건을 겪고 나니 효녀라는 가면을 쓴 나 자신이 엄마의 병에 대해 과연 얼마나 알고 있나 하는 의문이 생기기 시작했다.

나는 시나리오를 쓸 때 찾곤 했던 국립도서관을 떠올렸다. 그곳엔 아버지가 걸린 백혈병에 대해 알기 위해 의학사전을 펴놓고 공부하는 주부도 있었고, 부모님의 소송을 돕기 위해 두꺼운 법전을 펴놓고 있는 학생도 있었다. 문득 나는 엄마를 위해 뭔가 능동적으로 움직인 적이 없다는 생각이 들었다.

나는 인터넷에 들어가 치매에 대한 정보를 검색하고 치매에 대한 사람들의 생각을 읽기 시작했다. 하지만 각자 의견이 다르고, 환경이 다른 사람들이 쏟아 내는 정보 속에서 허우적대다 보니 도움은커녕 머리만 지끈거렸다. 나는 몇몇 전화번호만 메모한 후 컴퓨터 전원을 껐다. 메모한 번호는 요양원 번호와 요양 보호사를 배출하는 학원들의 번호였다. 전문가와 환자들이 모여 있는 곳에 가서 며칠 봉사를 하면 많은 걸 배울 수 있겠다 싶었다. 하지만 요양원은 각 단체에서 봉사활동을 오래해 온 사람들의 방문만을 허가할 뿐 나처럼 필요에 의한 개별 봉사자는 받지 않았다. 매번 처음 온 사람들에게 봉사 교육을 할 여건은 되지 않을 것이기에 그러한 운영 방식이 이해되지 않는 것은 아니었다.

그 와중에는 반갑게도 내 취지를 호의적으로 봐 주는 사람이 있었다. 신도림 역에 위치한 요양학원 부원장님은 나에게 한 번 요양원에 방문해 볼 것을 제안했다. 부원장님은 내 사정을 듣고 친절하게도 요양 보호사 자격증 과정을 소개해 주었다. 4주 정도 학원에 다니면서 요양원 체험을 직접 해 보라는 말에 귀가 솔깃해졌다. 물론 '학원까지 다니면서 치매에 대해 공부하는 게 맞는 건가?' 하는 생각에 망설여지기도 했다. 하지만 시간 있을 때 다른 경험을 해 보는 것도 나쁘지 않을 것이었다. 나는 그 자리에서 등록을 마쳤다.

그날의 내 결정이 전적으로 엄마를 위한 것만은 아니라는 걸 강조하고 싶다. 나는 당시 치열하게 일해 온 회사와 결별한 후 자신감은커녕 자존감마저 무너지고 있었다. 내 꿈이 코앞에서 사라진 것에 대한 좌절감이 너무나도 커서 무척이나 고통스러웠다. 거기에 엄마의 존재까지 더해지자 숨이 막혀 죽을 것만 같았다. 하지만 엄마에게서 떠나 있을 수는 없으니 꿈에서 잠시 벗어나야 살 수 있겠다는 생각이 들었다.

요즘도 내가 요양원 체험을 했다는 사실을 알게 된 사람들은 모두 입을 모아 대단하다고 말한다. 하지만 그건 대단한 결정이 아니라 오로지 살기 위한 필연적인 선택이었다고 말하고 싶다. 결과적으로 엄마가 나를 살린 셈인 것이다.

요양 보호사 자격증을 따기 위해서는 4주간의 이론 수업과 5일간의 요양원 실습, 5일간의 재가(환자의 집을 방문하는 것) 실습을 마쳐야 한다. 나는 그 기간 동안 수많은 귀중한 사람들을 만났고, 그 과정에서 좋은 정보를 얻을 수 있었다.

기저귀 값은 나라에서 따로 지급받으면서 한 번 쓴 기저귀를 옥상에서 말려 재사용하는 요양원이 있었다고 한다. 당시 나는 언젠가는 요양원에 엄마를 모셔야 한다는 주변 사람들의 말에 어느 정도 수긍하고 있었던 터라 너무나 큰 충격을 받았다. 물론 그렇지 않은 요양원이 훨씬 많다는 것을 모르지는 않지만 그런 곳을 구분해 낼 방법이 없기에 덜컥 겁이 났다. 그 와중에 요양원이 어떻게 돌아가고, 그곳에 계신 분들이 어떤 하루를 보내는지 옆에서 지켜볼 수 있는 절호의 기회가 생긴 것이었다. 요양원의 하루가 엄마의 하루가 될 수 있다고 생각하니 내 몸 안에 잠들었던 세포가 모두 깨어나는 것 같았다.

실습 첫날엔 마치 「미션 임파서블」의 주인공이 된 것 같았다. 요양원에 위장 잠입해서 기밀문서를 손에 넣고 탈출하는 느낌이랄까?

내가 실습하는 곳은 1~5층까지는 각종 병원이 운영되고, 6~9층까지는 치매 어르신들이 거주하는, 서울에서 제법 규모가 큰 요양원이었다. 오전 8시 50분에 집합한 실습생들을 대상으로 사회복지사의 간략한 브리핑이 진행됐다. 우리는 어르신들이 계신 방들을 한 바퀴 쭉 돌며 인사를 하는 것으로 일정을 시작했다. 방은 머리카락 하나 보이지 않을 정도로 깔끔했지만 그곳에서 나는 냄새는 무척이나 고약했다. 치매

중증 어르신 네 분이 계신 방으로 들어섰을 때는 움찔하며 뒷걸음칠 수밖에 없었다. 할머니의 방에서 나던 것과 같은 고약한 냄새가 코를 찔렀던 것이다. 마음의 준비가 안 된 상태에서 돌직구로 날아온 냄새 때문에 헛구역질이 났다. 직원들은 대수롭지 않다는 듯 하루 이틀이면 금방 익숙해질 테니 걱정하지 않아도 된다고 했다. 나는 이토록 강렬한 냄새에 익숙해진다는 사실이 더 충격이었다. 그만큼 냄새는 치명적이었다.

나는 청소를 하고 식기를 닦고 어르신들의 점심식사를 도와드렸다. 식사 시간은 그야말로 전쟁터였다. 한쪽에서는 고래고래 소리를 지르면서 식사를 거부하는 어르신이, 다른 한쪽에서는 식판 위에 엎드린 채로 잠이 든 어르신이, 또 다른 쪽에서는 밥그릇까지도 씹어 먹을 것처럼 허겁지겁 식사하는 어르신이 있었다.

혼을 빼놓는 배식이 끝나면 일괄적으로 어르신들의 약 복용을 도왔다. 우리는 식사를 마친 어르신들을 각자의 방으로 모셔다 드린 후 걸레가 되어 버린 앞치마를 빨았다. 저녁 시간까지 그 일정은 반복되었다. 첫 실습날, 나는 퇴근하며 생각했다.

'내일 여기 또 오면 어르신들보다 내가 먼저 죽겠다!'

우울하다 못해 침통한 마음을 안고 집으로 들어섰을 때 엄마가 반갑게 나를 맞아 주었다. 평상시와 같은 엄마였지만 무언가 달라진 것만 같았는데, 사실 그것은 내가 달라진 것이었다. 엄마는 식사도 혼자 잘하고, 비록 마음에 들지는 않지만 식사 후에는 설거지도 했다. 오늘 하루 힘들지 않았느냐고 안부도 물었다. 이전과 똑같은 저녁 일상일 뿐인데 절로 감사하다는 말이 나왔다. 나는 어렴풋이 알 수 있었다. 오늘 밤 쉽사리 잠들 수 없음을. 나는 뒷산에 올라가서 땀을 쏟으며 뛰었다. 하지만 요양원 어르신들의 모습과 엄마에게 다가올 어두운 미래가 겹쳐지는 상상에서 벗어날 수는 없었다.

다음 날 나는 냄새에 대한 끝없는 두려움을 누른 채 간신히 출근했다. 점심 시간이 지나자 거짓말처럼 특유의 냄새가 사라졌다. 정말로 냄새에 익숙해지기 시작한 것이다. 코가 익숙해지니 안타깝고 두려웠던 분들의 모습도 눈에 들어오고, 신음 소리도 두렵지 않았다. 감각 기관이 편해지니 어르신 한 분 한 분의 신상과 사연이 궁금해졌다. 나는 쉬는 시간마다 방을 돌아다니며 어르신들의 존함과 연세, 병명들을 훑어보았다. 유독 관심이 가는 어르신이 한 분 있어 나는 시간만 나면 그분이 계신 방을 찾았다.

그분은 공격성이 거의 없는 비교적 얌전한 치매에 걸린 분이었다. 내가 "권 어르신?" 하고 귀에 대고 대화를 시도하면 그분은 상체를 들고 "뭐라고?" 하고 묻곤 하였다. 나는 권 어르신을 일으켜 앉혀 드리고는 이런저런 대화를 시도했다. 그러던 어느 날 한 직원분이 말했다.

"아가씨는 그냥 자격증 따러온 실습생이 아니라더니 역시 보는 눈이 있네요. 권 어르신, 우리나라 최초의 여성 특파원이셨대요. 이승만 정권 때는 청와대 출입 기자도 하셨다던데……."

나는 무표정하게 나를 올려다보는 권 어르신을 보며 소리 질렀다.

"어르신, 대박!"

나는 어르신의 팔과 손을 주무르며 기자 시절에 대해 이런 저런 질문들을 쏟아 냈다. 나를 보던 어르신이 내 손을 꼭 잡고 당신의 눈앞으로 가져가 천천히 매만지면서 말했다.

"곱네."

먼저 말을 건네신 것은 처음이었다.

"예? 안 들려요, 어르신! 뭐라고요?"

나는 어르신의 목소리를 더 듣고 싶어서 소리쳤다.

"곱다고."

"에이, 어르신이 더 고운걸요."

나는 어르신의 손과 얼굴을 매만졌다. 어르신이 초점 없는 눈으로 나를 보더니 힘겹게 팔을 올려 내 얼굴을 만지기 시작했다. 10분이 채 안 되는 그 시간 동안 나는 느낄 수 있었다. 어르신이 사람을 그리워하고 있다는 것을. 그리고 한 가지, 온몸으로 소통을 원하고 있다는 것을.

나는 요양원에 있는 동안 시시때때로 어르신 손을 꼭 잡고, 휴대폰으로 여행 사진이나 엄마 동영상 등을 보여 드렸다. 어르신은 아침 문안인사를 드리러 들어갈 때면 꼭 힘겹게 일어나려고 애써 주셨다. 그랬기에 요양원을 마지막으로 출근하던 날, 내 가슴은 돌덩이가 놓인 것처럼 무거웠다. 그렇다고 어르신 앞에서 과장되고 어설픈 눈물을 보일 수는 없었다. 나는 앞으로 내가 오지 않는 이유에 대해 구체적으로 설명해 드려야 한다고 생각했다. 어르신 입장에서는 당장 자신을 남다르게 대하던 사람이 사라지는 일일 테고 그것은 큰 변화일 것이므로 나는 책임감을 느꼈다.

어르신의 방으로 들어갔을 때 방에는 마침 두 아들이 방문한 상태였다. 나는 어머니와 함께할 시간을 드리기 위해 가벼운 인사만 하고 나온 뒤 30분 후 다시 그곳을 찾았다. 두 아들은 30분 전과 마찬가지로 주무시고 있는 어머니를 가만히 지켜보고만 있었다. 아니, 대체 무얼 하겠다는 거지? 답답함을 참지 못하고 내가 물었다.

"왜 안 깨우세요?"

"주무시니까……. 그냥 보다가 가려고요."

"……."

화가 솟구치는 것을 간신히 참으며 내가 말했다.

"어르신 만날 잠만 주무시는데 깨우셔도 돼요! 어르신도 두 분이 보고 싶으실 텐데."

나는 어르신을 흔들어 깨우고는 냅다 앉혀 드렸다. 하지만 아들과의 만남은 포옹 한 번 없이 싱겁게 끝나고 말았다. 나는 방문을 나서는 두 아들에게 소리치고 싶었다.

"어르신은 스킨십을 좋아해요. 한 번 안아 주세요."

하지만 그건 너무 오지랖일 터였다. 대신 내가 어르신을 안아 드리며 말했다.

"어르신을 만나 뵈서 진짜 영광이었어요."

나는 지금도 신체 기능, 인지 기능이 거의 정상에 가까웠던 한 어르신이 당신의 집에 가고 싶다고 울던 모습을 떠올린다. 그 어르신은 단지 아흔이 넘어 기력이 딸렸을 뿐인데 자식들이 자신을 요양원으로 보냈다고 한탄스러워했다. 요양원이 원래부터 당신의 집인 줄 아는 치매 중증 환자들은 가족을 그리워하지도 못한다. 그러나 앞의 경우 버림받았다는 생각 때문에 큰 좌절감에 빠지게 된다. 가슴 아픈 일이었지만, 그렇다고 요양원 자체를 모두 폐쇄해서 효의 근본을 다시 찾아야겠다는 생각은 할 수가 없다. 의식주 자체를 해결하지 못하는 어르신들에게는 요양원이라는 시설이 절대적으로 필요하기 때문이다. 그렇다고 너무나 쉽게 요양원이라는 단어를 떠올리는 우리 세대의 인식 변화에 대해 옹호하고 싶은 마음 역시 추호도 없다.

옹호는커녕 솔직히 요즘은 우후죽순처럼 생겨나는 요양원 간판을 보면 '저곳에 계신 수많은 어르신들이 도대체 지금까지 어디에 계셨던 걸까?' 하는 생각에 가슴이 답답해지곤 한다. 요양원의 수가 편의점의 수를 추월하는 시대가 오면 어쩌나 하는 두려운 마음까지 든다. 만약 그런 날이 온다면, 부모님 세대에서는 상상하지 못할 새로운 소통 플랫폼을 구축하며 살아간다는 우리가, 아이러니하게도 점점 더 외로워질 수밖에 없을 것이다. 우리 삶의 중요한 본질을 놓치는 것이기 때문이다.

스마트폰을 단 10분만 손에서 내려놓고 옆에 있는 엄마의 눈동자를 들여다보면 엄마의 하루 컨디션을 읽을 수 있다. 시간을 조금 더 들여 지켜보면 엄마가 내게 미처 말하지 못한 것들을 볼 수 있는 능력이 생긴다. 거기에 진심을 담아 들여다보면 세상이 무너져도 변하지 않을 사랑을 읽을 수 있다.

물론 모녀지간의 뿌리 깊은 사랑을 확인했다고 해서 인간의 근원적인 외로움이 모두 없어지는 것은 아니다.

다만 옆에 있는 그 누군가를 지그시 들여다보는 습관이 몸에 배면, 가까운 사람들의 진심을 느낄 수 있고, 불치병 같은 외로움 역시 점점 옅어지는 걸 온몸으로 느낄 수 있다.

심청이의
단골 반찬집

맛집 관련한 책을 써 보라는 이야기를 들을 정도로 나는 맛집을 찾아다니는 것을 좋아했다. 그때는 네비게이션이나 휴대폰으로 맛집을 검색할 수 없는 시절이어서 나는 낯선 도시에 가면 항상 경찰서나 택시 승강장에 가서 식당을 소개해달라고 했다. 그렇게 생긴 단골 식당 중에 엄마를 모시고 간 집은 얼마나 될까?

대한민국에 웰빙 바람이 불고 난 이후 건강 음식을 다루는 프로그램이 하루 종일 TV에서 방영되고 있다. 우리 집 역시 제철 재료로 만든 음식이 집안의 건강과 평화를 지켜 준다고 믿었다. 봄에는 두릅 같은 봄나물이 밥상 가득 올랐고, 여름에는 열무와 가지 반찬이 끊이질 않았다. 가을이면 주구장창 생선이, 겨울이면 굴과 겨울 호박 같은 것들만 올라와서 나는 '인스턴트 상사병'을 앓아야 했다. 그러나 엄마가 치매에 걸린 후로는 인스턴트 음식에 의지하지 않을 수 없었다.

인스턴트를 원 없이 먹는 것이 좋았지만 엄마는 그렇지 않은 눈치였다. 물론 가끔씩 엄마의 솜씨를 물려받은 언니들이 제철 음식을 들고 왔지만 곧 바닥이 났다. 그렇게 1년을 보냈을까? 주변 사람들이 자꾸만 엄마가 살이 빠진다며 집안에 무슨 일이 있냐고 물어보기 시작했다. 나름대로는 제철 식재료로 매일 국을 끓이고 있을 때라 당황스러울 수밖에 없었다. 내가 없는 동안 엄마가 직접 국을 데워 멸치조림이나 장조림 같은 밑반찬으로 식사를 하는 줄로 알고 있었기 때문에 영양적으로 문제가 있을 거라고 조금도 생각하지 않았던 것이다. 당시 나는 아침 겸 점심을 먹고 나간 후 밤 9시가 넘어야 들어오곤 해서 물론 엄마의 식사가 어떤지 정확하게는 알지 못했다. 이참에 엄마의 식사를 꼼꼼하게 체크할 필요가 있다는 생각이 들었다.

나는 며칠 동안 남아 있는 반찬과 밥이 줄어드는 양을 유심히 체크해 봤다. 반찬은 거의 줄지 않는 데 비해 밥만 너무하다 싶을 정도로 줄고 있었다. 그 사실을 알게 된 후 나는 일부러 엄마에게 밥상을 차려 달라고 해 보았다. 그렇게 밥상을 살피니 도무지 씹을 만한 반찬이 없었다. 나는 밥상을 하나하나 조목조목 짚으며 어떤 영양소가 부족한지 설명했다. 그런 과정을 몇 번 겪으며 나는 엄마가 저작 능력이 필요한 반찬들을 부담스러워 한다는 걸 알게 됐다. 저작 능력이 떨어지면 그 영역을 담당하는 뇌가 활발히 움직이지 않아 치매에 나쁜 영향을 미치게 된다. 혀의 감각이 둔해지면서 짜거나 간이 많이 들어간 국 종류에만 먼저 손이 가는 것도 문제였다. 국에 밥을 말아 먹으면 입맛이 없어도 혹은 많이 씹지 않아도 술술 넘어가니까 그 편리성을 선택한 것 같았다. 그런 문제점을 발견한 이상 나는 엄마의 식습관을 조절하지 않을 수 없었다. 하지만 그 조절이 생각만큼 쉽지 않아 많은 시간이 소요됐다.

일단 엄마 입에는 인스턴트가 잘 맞지 않았다. 엄마를 위한 요리가 절실했다. 문제는 내가 간단한 국은 끓여도 반찬을 만들 줄은 모른다는 것이었다. 그렇다고 매번 언니들에게 요청할 수도 없었다. 고민 끝에 나는 입소문 좋은 반찬집을 찾아다니기 시작했다. 하지만 엄마의 입맛에 딱 맞는 집을 좀처럼 찾을 수 없는 노릇이 아닌가. 그러던 어느 날, 동부이촌동에 사는 친구가 자신의 집 근처에 있는 괜찮은 반찬가게를 소개해 주었다. 곧바로 나는 '자매찬방'이라는 반찬가게를 찾았다. 그곳에는 50~60대 아주머니 세 분이 반찬을 만들고 있었는데, 그 모습만 봐도 왠지 맛은 보장됐다는 확신이 생겼다. 나는 시금치 나물, 가지 무침, 깻잎 무침을 사서 엄마에게 맛보여 드렸다. 내가 요리한 줄로만 믿는 엄마는 입에 침이 마르도록 칭찬을 아끼지 않았다. 사 온 반찬이라고 하면 돈이 아깝다며 안 드실 게 뻔하기에 거짓말을 할 수밖에 없었다. 엄마는 국을 많이 먹지 않고도 밥 한 그릇을 뚝딱 비웠다. 그 반찬들의 맛은 정말로 엄마의 손맛에 가까웠다. 어떻게 이렇게 비슷할까? 눈물 나도록 반갑고 고맙게 느껴졌다.

그날 이후 나는 그 반찬가게의 단골이 됐다. 주인 어르신은 내가 먼 곳에서 반찬을 사러 온다는 사실과 치매 엄마를 모신다는 사연을 알고는 항상 서비스를 두둑이 챙겨 주셨다. 그 풍성한 반찬 덕에 엄마는 어느 정도 식습관을 되찾았다.

엄마는 정말 옆에서 지켜보지 않은 사람은 믿기 힘들 정도로 식사 상태에 따라 컨디션이 달랐다. 그 사실을 피부로 느끼고 나니 여태껏 '이렇게 기본적인 걸 어떻게 간과할 수 있었지?'라는 생각이 절로 들었다. 엄마에게 이제까지 얻어먹은 것만큼 열심히 반찬을 대령하겠다고 마음먹었다.

물론 반찬이 떨어질 때마다 동부이촌동까지 사러 가는 게 귀찮게 느껴진 적도 많았다. 그래서 한 번 갈 때마다 냉동고를 가득 채워 둘 만큼 왕창 사오기도 했다.

얼마 전에는 반찬가게 어르신들께 뭔가 감사의 인사를 해야겠다는 생각이 들어서 우리 집의 귀하디 귀한 대봉 홍시를 들고 갔다. 주인 어르신은 "나는 효녀 심청이한테 뭘 줄까나?" 하며 진열대를 열었다. 그놈의 효녀라는 말에 나는 "아니, 반찬 집에 반찬 사러 다니는 심청이가 어디 있어요?" 하며 웃었다.

어르신은 내 입에 김치전을 넣어 주며 말했다.

"아이고, 그러면 심청애비가 공양미 삼백 석 받아서 밥만 퍼먹었겠어? 백 석은 갖다 팔아서 반찬 사먹었을걸."

아우슈비츠 수용소

가끔씩 엄마가 소변 실수를 할 때면 어린아이 타박하듯 잔소리를 늘어놓게 된다. 한편으로는 엄마가 일부러 그런 것도 아닌데 따뜻한 위로를 드려야 하는 건 아닌가 싶기도 하다. 치매와 관련된 책에는 하나같이 위로를 해 드려야 한다고 쓰여 있기 때문이다. 하지만 거기엔 부모의 무너진 모습을 자식이 처음 봤을 때 얼마나 충격을 받고 가슴이 아픈지는 쓰여 있지 않았다. 그리고 그런 참담한 상황이 지속될 거라는 것을 알고 있는 자식은 어떻게 위로를 받아야 하는지도 쓰여 있지 않았다.

엄마의 근검절약 정신은 타의 추종을 불허할 정도로 투철했다. 전기 아끼기, 오래된 수건을 걸레로 사용하기, 아무리 멀어도 재래시장 이용하기, 쌀 씻은 물로 설거지하기 등등. 특히 엄마는 전기와 물의 낭비에 대해 무척 예민했다. 그래서 낮잠을 자면서 TV를 켜놓거나, 밤에 불을 켜고 잠들거나, 욕실에서 물을 틀고 때를 밀 때면 엄청난 사고라도 친 것처럼 잔소리를 했다. 그런 엄마가 전기와 물을 원 없이 쓰기로 작정한 것처럼 급변했을 때 나는 한동안 적응을 할 수 없었다.

엄마는 치매 9년 차에 접어든 지금도 당신의 속옷과 양말은 직접 애벌빨래를 한다. 식사 후에 나오는 식기를 전부 설거지할 정도로 주부로서의 끈을 놓지 않기 위해 많은 애를 쓴다. 물론 나는 엄마가 안 볼 때 빨래를 점검하고, 헹굼이 덜 된 식기들은 다시 씻는다. 특히나 각종 세균이 들끓는 여름에는 더욱더 관심 있게 집 안을 둘러본다. 한 번에 처리하고 싶을 때가 없는 것은 아니다. 하지만 이런 작은 노력들이 엄마에게 커다란 영향을 미친다는 것을 알기에 어떻게든 지금의 활동성을 지속시키고자 노력한다. 그것이 밑거름이 되어서 치매 환자임에도 불구하고 혼자 있을 때도 무의식적으로 움직이고자 한다는 것을 느끼기 때문이다.

물론 수도나 가스밸브가 잠겨 있지 않는 등의 크고 작은 사고가 발생한다. 하지만 그게 엄마 마음대로 잘 되지 않는다는 걸 알기에 강압적으로 바로잡으려 하지는 않으려고 노력한다. 수도 요금이나 가스 요금을 아끼기 위해 엄마의 독립성과 활동성을 빼앗을 수는 없는 노릇 아닌가. 다만 엄마가 평생 물에 대해 그토록 투철한 모습을 보이지 않았다면 지금의 애타는 마음 역시 좀 덜했을 텐데 하는 마음이 들기는 한다.

3년 전까지만 하더라도 욕실에 불을 켜 두고 나오거나, 불필요하게 가스를 사용하거나, 변기 레버를 한없이 누르거나, 불을 끄지 않았을 때 엄마에게 뭐가 문제인지 차근차근 설명하면 반복된 실수가 일어나지는 않았다. 그 정도로 엄마는 상황을 인지하려고 애쓰고 또 애썼다. 그런데 유독 안방 전등과 관련된 문제에서만큼은 진전이 없었다. 눈이 부셔서 잠이 안 온다고 하면서도 새벽에는 어느새 불이 켜져 있기 일쑤였다. 아무리 불을 꺼도 감쪽같이 다시 불은 켜져 있었다. 그런 상황이 반복되다 보니 짜증이 났다. 엄마는 자신이 불을 켠다고는 생각지도 못하고 안방이 대낮같이 밝아서 잠이 깬다고 도리어 짜증을 냈다. 도대체 나보고 어쩌라는 건지 답답할 때가 한두 번이 아니었다. 어쩔 수 없이 나는 밤마다 항상 강제 소등을 했다. 마치 아우슈비츠 수용소처럼.

글 작업 속도를 내던 어느 새벽이었다. 안방에서 이상한 소리가 들려오기 시작했다. 음악 소리를 끄고 가만히 들어 보니 여기저기 뭔가가 떨어지고 벽에 부딪히는 소리였다. 까치발을 세우고 조심스럽게 계단을 내려가 안방 문에 귀를 갖다 댔다. 중얼거리는 엄마의 목소리가 간간이 들려왔다.

"엄마 안 자고 뭐해?"

안방 문을 열고 불을 켰다. 엄마는 옷장 문을 열어 젖히고 멍하니 나를 돌아보았다. 순간 내 눈에 들어온 엄마의 모습을 생각하면 지금도 눈물이 고인다. 나는 이내 엄마가 소변 실수를 한 것을 발견했다. 엄마는 옷장 속으로 숨으려는 사람

같았다.

방바닥에 흩어진 아빠의 책 더미와 떨어진 수화기만 봐도 어떤 상황인지 짐작할 수 있었다. 어두운 방에서 화장실을 가기 위해 방문 손잡이를 찾았던 엄마의 흔적이었다. 30년 넘게 드나들던 방문의 위치를 잊고 엄마가 스스로 얼마나 당황했는지 안방의 상태가 말해 주고 있었다. 엄마를 씻겨 드리는 동안 나는 아무 말도 할 수 없었다.

그동안 엄마가 가끔 이불에 실수를 하면 어린 조카를 타박하듯 잔소리를 늘어놓았다. 그러면서도 엄마가 일부러 그런 것도 아닌데 위로까지 해야 하나 싶기도 했다. 치매와 관련된 책에는 그런 위로에 대한 부분이 특히 강조되어 있었기 때문이다. 하지만 그 책에는 부모가 무너진 모습을 본 자식이 얼마나 충격을 받는지, 가슴은 또 얼마나 아픈지 쓰여 있지 않았다. 참담한 상황이 지속될 거라는 걸 알고 있는 자식이 어떤 위로를 받아야 되는지도 쓰여 있지 않았다.

나 역시 지금껏 엄마에게 위로를 건네기보다는 어떻게든 그 상황을 만들지 말라고 부탁하기 바빴다.

자꾸 미안하다는 말만 나왔다. 강제 소등하고 올라간 후 엄마가 어두운 방에서 얼마나 참담했을까 생각하니 눈물이 멈추지 않았다. 엄마는 무슨 상황인지 잘 모르겠다는 듯한참 동안 나를 물끄러미 바라보았다. 그러다 눈물을 닦아 주며 말했다.

"괜찮다. 사람이 살다 보면 그럴 수도 있지. 올라가서 어여 자라."

그날 나는 이불 속에 웅크려서 밤새도록 잠들지 못했다. 당장이라도 내려가서 엄마에게 물어보고 싶었다.

"엄마! 내 딴에는 노력한다고 온갖 유세를 떨지만 어쩌면 얼굴 한 번 비추지 않는 다른 자식보다 내가 못한 건 아니야? 언니, 오빠 처음부터 이 출발선에 서 있지 않아서 지금쯤이면 엄마의 기억에서 지워져 있을 텐데. 그러면 최소한 그들에게 뼈 아픈 상처는 받지 않을 거 아니야? 엄마, 어떤 게 엄마를 진짜 위하는 건지 잘 모르겠어. 단 하루만이라도, 단 한 시간만이라도 옛날의 엄마로 돌아와서 나한테 제발 좀 가르쳐 줘!"

하지만 그런 기적이 일어날 리 없었다. 나는 절망하지 않기 위해 단순하게 생각하려고 애썼다. 그것도 잠시, 내 생각의 나침반이 엄마의 말에 가닿을 때마다 나도 모르게 자꾸만 눈물이 나왔다.

"괜찮다, 사람이 살다 보면 그럴 수도 있지."

그 말은 당신이 실수를 했을 때, 내가 당신에게 건넸으면

하는 바람이 담긴 메시지인 것 같았기 때문이다. 나는 감정이 격해져 험한 말로 혹은 어리석은 마음으로 엄마에게 상처를 드리지 않게 해 달라고 기도했다. 그럼에도 여전히 나는 엄마가 실수하는 날이면 목에 핏대부터 불거져 나오곤 한다.

그날 이후부터 나는 엄마 방에 스탠드를, 화장실에는 전등을 밤새도록 켜 놓기 시작했다. 사람이 살다 보면 할 수 있는 그 일이 나의 마음을 아프게 하지만 엄마를 최대한 이해하려고 노력하면서.

굿바이 방배동

여기까지가 끝인가 보오.
이제 나는 돌아서겠소.
억지 노력으로 인연을
거슬러 괴롭히지는 않겠소.

— 김광진의 「편지」 중에서

우리 집을 빈번하게 드나들던 조카 윤서가 아예 집에 들어앉았다. 올 4월에 들어와서 9월 초까지 있었으니 거의 5개월을 함께 지낸 셈이다. 집에서 가까운 대학에 들어간 것이 표면적 이유였으나, 사실 본래 목적은 따로 있었다. 아빠에게 그 이야기를 들었을 때 머리가 지끈거렸다. 병세가 나빠지는 엄마만으로도 벅찬데, 조카까지 신경 써야 한다는 게 내키지 않았다. 솔직히 말하면 만나기만 하면 부딪치는 둘째 언니가 미워서 언니의 집안사에 끼어들고 싶지 않았다. 하지만 껄끄러운 언니와의 관계 때문에 조카에게까지 불똥을 튀게 할 수는 없었다. 내 눈치를 살살 살피며 힘겹게 현관으로 들어서는 조카에게 나는 빈방을 깨끗이 치우라고 말했다.

침대에 누워 언니에 대해 곰곰이 생각하기 시작했다. 형제지간인데도 그렇게 골똘히 생각해 보기는 참 오랜만인 것 같았다. 아무리 생각해도 올 때마다 사고를 치는 언니를 이해하기란 쉽지 않았다.

언니는 늦은 밤 불쑥 집으로 찾아와서는 저녁 약을 먹고 간신히 잠든 엄마를 깨워 야식을 먹은 후 집으로 돌아가곤 했다. 그런 날이면 엄마는 새벽까지 자지 않고 나를 괴롭혔고, 다음 날은 배탈의 연속이었다. 나는 언니에게 집에 와도 되는 시간을 알려 주고는 그 외의 시간에는 찾아오지 말라고 엄포를 놓았다. 물론 언니는 그렇게 해서라도 자식 된 도리를 하고 싶었을 것이다. 하지만 나는 그 방식을 감당할 수 없었다. 내 딴에는 언니를 밀어내느라 지치고, 언니는 내 행동에 상처를 받는 악순환이 반복되었다.

그런데 조카가 우리 집에 머물면서 언니의 무대포적인 효심이 조금은 계획적으로 바뀌기 시작했다. 조카가 우리 집의 룰을 언니에게 자세하게 전달한 것이다. 그렇게 언니는 변했지만 나는 초지일관 언니를 차갑게 대했다. 그런 내 행동 때문이었을까? 철없던 조카의 행동이 급속도로 변하기 시작했다. 내가 엄마에게 하는 모든 것들을 속성으로 배우기 시작한 것이다. 조카는 욕실에 있는 할머니의 팬티를 무슨 더러운 걸레마냥 발로 밀쳐 내곤 했었다. 그런데 어느 순간부터 할머니가 수치심을 느끼지 않도록 뒤처리를 해 놓기 시작했다. 조카는 내가 집에 없을 때, 아니 집에 있는 시간에도 스스로 움직이며 내 손을 덜어 줬다. 자연스럽게 나는 조카에게 전우애 비슷한 감정을 품게 됐다. 조카가 없었다면 나는 혼자 그 치열한 전쟁을 치러야만 했을 텐데, 자기 스스로 그 전쟁터로 들어와 준게 고마울 따름이었다.

나는 신께서 내가 안쓰러워 조카를 보낸 것은 아닐까 생각했다. 아무리 생각해도 우연치고는 너무나 타이밍이 절묘했기 때문이다.

아빠가 방배동 집을 팔았을 때, 그곳에서 우리가 2년 전세를 산다는 조건을 붙였다. 그동안 살림을 조금씩 정리하고, 시골집을 다시 짓기로 결심한 것이다. 하지만 집을 팔았다는 걸 우리에게 한동안 숨기는 바람에 1년이 그냥 지나가고 말았다. 그런데 1년이 지난 후에도 아빠는 그 어떤 정리나 공사조차 시작하지 않았다. 나는 아빠에게 도대체 무슨 생각을 하고 있는지 물었다. 아빠는 그제야 속마음을 털어놓았다. 여러 가지 상황 때문에 집을 팔기는 했는데, 엄마와 단둘이 지낼 생각을 하니 자신이 없었다고. 아빠는 어떻게든 방배동에

서의 시간을 연장시키길 바라고 있었다. 두려움을 애써 숨기는 아빠의 모습이 측은하기도 했지만, 속상한 마음을 주체할 길이 없었다. 그로부터 3주 뒤쯤 시골집 공사가 시작되었다.

나는 시간이 날 때마다 엄마의 짐을 정리하기 시작했다. 그런데 창고 두 개, 방 세 개를 가득 채우고도 모자라 거실까지 점령한 고서적 때문에 진도가 나가지 않았다. 그 책들은 시골집에 도둑이 든 계기로 우리 집으로 옮겨 온 것들이었다. 아빠는 8대째 내려오는 『애감록』 같은 책은 돈으로 환산할 수 없는 것이라며 애지중지했다. 『애감록』은 장례식 때 조문 온 분들의 방명록이었다.

나는 일단 책들을 시골로 보내야겠다고 생각했다. 어느새 집을 비워 줘야 하는 여름이 다가오고 있었다. 조카까지 나서서 여름이 오기 전에 최대한 정리를 해 놓자고 아빠에게 간곡하게 말씀드렸지만 아빠는 매일 두세 권의 책을 들고 뭔가를 빼곡하게 적는 작업에만 몰두하고 있었다. 알고 보니 삼천 권에 달하는 책들을 모 대학 도서관에 기증하기로 해서 분류 작업을 하고 계셨던 것이다.

집안 대대로 내려오는 책을 기증하는 이유에 대해 허심탄회하게 털어놓는 아빠의 모습은 인상 깊은 데가 있었다. 나는 벌겋게 달아오른 아빠의 눈을 지켜보면서 아빠를 미워했던 내 마음의 중심축이 조금 움직이는 것을 느꼈다. 그래서 방배동의 다른 짐들은 알아서 처리하겠으니 아빠는 책 분류 작업에만 집중하라고 말씀드렸다. 아빠는 34년 동안 쌓아 놓은 짐들을 어떻게 혼자 정리하느냐며 차라리 사람을 써서 치우라고 말씀하셨다. 가득 쌓인 살림살이를 생각하면 잘 됐다 싶었지만 엄마의 손때가 묻은 사연 있는 물건들을 생각하면 도저히 남의 손을 빌릴 수 없었다. 모르는 사람은 무조건 쓰레기통에 쓸어 담을 게 너무나 뻔했기 때문이다. 나는 고민 끝에 같이 살고 있는 조카에게 도움을 청했다.

조카는 35도를 넘나드는 창고 속에서 묵묵히 물건 정리를 도왔다. 아침부터 밤까지 일하고 나면 대형 산업용 쓰레기봉투 열 개 분량이 쏟아져 나왔다. 그걸 모두 대문 밖으로 옮긴 후 우리는 거실 바닥에 대자로 뻗어 한동안 일어나지 못했다. 그 시간이면 조카는 온갖 질문들을 내게 쏟아 냈다. 조카는 끝도 없이 나오는 새 수건의 출처를 특히 궁금해했다. 어림잡아 오백 장 정도 되는 수건이 자꾸만 쏟아져 나왔기 때문이다. 아빠는 쌓아 둔 수건을 보고선 아끼다 똥 된다는 게 바로 이런 거라며 혀를 찼다. 나는 동네 사람들에게 수건을 한 아름씩 나눠 드렸는데, 이웃들 역시 쌓인 수건을 보고 입을 다물지 못했다.

엄마는 심지어 내가 코흘리개 때 입었던 옷까지 보관하고 있었다. 그렇게 쌓인 물건을 대대적으로 정리하느라 몸이 축난 나는 몸살로 앓아누워 며칠 동안 일어나지 못했다. 가족들은 청소 대행업체에 맡길 일을 사서한다고 핀잔을 주었지만 우리 모두는 알고 있었다. 엄마가 치매에 걸리지 않았다면 당신 손으로 일일이 정리했을 거라는걸. 엄마의 마음을 지켜드리고 싶어 하는 내 마음을 가족들은 모르지 않았다. 물론 나 또한 무더운 한여름에 몸을 너무 혹사시키는 게 아닌 가 싶기도 했다. 그럼에도 견딜 수 있었던 건 몸은 축나고 있지만 마음은 살찌고 있는 것이 느껴졌기 때문이다. 엄마가 소중히 여겨 온 것들을 지켜 주고자 하는 자긍심이 나를 움직이게 만들고 있었다.

이사 날 아침이 밝았다. 셋째 언니가 부모님을 모시고 하동으로 먼저 내려갔고 포장이사는 생각보다 빨리 끝났다. 햇수로 34년을 살았던 텅 빈 집을 둘러보는데 울컥한 마음이 들어서 도저히 발길이 떨어지지 않았다. 그동안 우리 가족에게 일어났던 수많은 일들이 파노라마처럼 눈앞에 펼쳐졌다. 나는 방과 거실의 벽면을 어루만지며 그동안 우리 가족을 지켜 주느라 수고 많았다고 인사를 했다.

집을 모두 정리하고 나는 대문 밖에 산더미처럼 쌓여 있는 폐기물의 사진을 찍었다. 엄마가 방배동 집에 가고 싶다고 하면 이미 집이 부서졌다고 둘러대기 위해서였다. 아니나 다를까 하동 집에 도착하자마자 엄마가 이내 방배동 집에 가자고 한다는 언니의 전화를 받았다. 의사 선생님 역시 엄마의 거주지가 바뀌는 걸 걱정했다. 비록 엄마에게 완벽하게 낯선 공간은 아니지만, 장소가 바뀌는 것만으로 엄마에게 부담이 될 수 있었다. 엄마에게 새로운 공간이 익숙해질 때까지 내가 엄마 옆에 머무르기로 했다. 그 사실을 안 옆집 아주머니가 나에게 말했다.

"이제 막내도 자기 인생을 살아. 오빠에게도 효도할 기회를 줘야지."

친인척들에게 그런 말을 너무나 많이 들어온 나는 이렇게 반문했다.

"효도라는 게 한쪽이 하고 있으면 한쪽은 못 하는 건가요?"

솔직히 나는 지금도 효도라는 게 무엇인지 잘 모르겠다. 그냥 어렴풋이 부모님이 베풀어 주신 모든 것에 십분의 일이라도 돌려드리는 게 맞는 게 아닐까 생각할 뿐이다. 방배동을 떠나기 전까지는 소원한 형제들을 원망하기도 했다. 하지만 내게 고향 같은 방배동 집을 떠나면서 현실을 바로 보게 됐다. 그들은 너무나 오래전에 엄마와 방배동 집을 떠났다는 생각이 든 것이다. 나는 그들이 나와 똑같이 엄마나 방배동 집을 아껴야 한다고 생각했지 그들에게 이미 또 다른 집과 가족이 있다는 것을 이해하지는 못했다.

방배동 집을 정리한 후 나는 곧바로 하동으로 내려갔다. 거주지가 바뀌자, 엄마는 불안해하기 시작했다. 나아지지 않는 엄마를 지켜보며 도저히 뒷짐 지고 있을 수만은 없었다. 고민 끝에 엄마를 보살필 사람을 찾기로 결정하고 여기저기 알아보기 시작했다. 동시에 24시간 엄마의 상태를 살펴볼 수 있는 홈캠을 설치하기로 마음먹었다.

시골집이 워낙 외져서 홈캠 설치는 쉽지 않았다. 우여곡절 끝에 설치기사님이 오셨지만, 기사님답지 않게 뭔가 서툴었다. 알고 보니 하동을 통틀어 우리가 홈캠을 설치한 첫 집이었다. 마침내 휴대폰 앱으로 시골집을 볼 수 있게 되었을 때, 기사님은 마치 자신의 일인 듯 기뻐했다. 그렇게 하나둘 엄마를 위한 준비를 마치니 누구보다 내 마음이 가장 편했다. 엄마가 그곳 생활에 잘 적응할 수 있도록 할 수 있는 모든 것을 다했다는 생각이 들었다.

이제는 정말이지 내 생활로 돌아가겠다고 결심했다. 혼자 서울로 돌아간다는 말을 했을 때, 엄마는 다행히도 그다지

슬픈 표정을 짓지 않았다. 한결 가벼운 마음으로 현관을 나설 수 있었다.

그런데 엄마가 말없이 나를 따라오더니 조수석 차 문을 여는 것이 아닌가? 해맑은 표정으로 엄마가 말했다.

"나는 여기 타면 되나?"

"안 돼, 엄마. 나 혼자 가."

엄마가 내리자 나는 애써 태연하게 시동을 걸고 창문을 내렸다.

엄마가 반쯤 열린 창문을 두 손으로 붙들고 말했다.

"뭐라고?"

아빠가 다가와 엄마를 제지했다. 아빠가 손을 흔들어 인사하자고 엄마에게 말했다. 엄마가 나를 물끄러미 보았다. 그러다 힘없이 차에서 떨어졌다. 마음이 괴로웠지만 어정쩡하게 시간을 끌면 서로에게 도움이 되지 않을 것 같았다.

"엄마 금방 올 거니깐 빨리 들어가!"

나는 창문을 재빨리 닫고 출발했다. 하지만 사이드미러 속에서 우두커니 나를 지켜보는 엄마에게서 눈을 뗄 수 없었다. 동시에 내 마지막 인사가 실수였다는 사실이 떠올랐다. 그동안 엄마와 나는 조금 전과 같은 모습으로 매일 인사했고, 밤마다 다시 만났기 때문이다.

눈물이 앞을 가렸다. 엄마와 함께한 긴 시간, 헤어짐, 엄마와 나의 홀로서기를 떠올리니 가슴이 미어졌다.

'내가 이렇게 고통스러운데 성치 않은 엄마는 얼마나 힘들까?'

차라리 엄마가 빨리 돌아가셨으면 좋겠다는 극단적인 생각도 했다. 그 편이 서로 가슴 아픈 것보다는 낫겠다는 못난 생각을 한 것이다. 수많은 생각이 꼬리에 꼬리를 물고 이어지는 동안, 내 소매는 눈물과 콧물이 뒤엉켜 엉망이 돼 있었다. 고속도로로 들어서는 단성 톨게이트에서 통행권을 뽑은 것 같았는데 벌써 내 눈앞에 서울로 진입하는 톨게이트가 보였다. 4시간 가까이 걸리는 거리가 눈 깜짝할 사이에 끝나 있었다.

아직도 엄마를 생각하면 사이드미러로 보이던 모습이 떠오른다. 밤이면 돌아오리라 철석같이 믿고 있는 엄마의 모습. 나는 마음으로 엄마에게 인사하고 또 인사한다.

'엄마, 안녕! 또 놀러 올게.'

세 번째
기억 저장소

인물

엄마, 나는 잊지 말아요

언젠가는 엄마와 영원히 헤어져야 할 날이 올 것이다.
그런 날을 떠올릴 때마다 나는 엄마에게 마지막으로
어떤 인사말을 하면 좋을지 골똘히 생각한다.
"엄마, 고마웠고 감사했어요!"는 과거형이라서,
"엄마, 사랑해!"는 현재형이라서 마음에 들지 않는다.
그날은 우리에게 또 다른 시작이라고 생각하기 때문이다.
고민 끝에 내가 찾은 마지막 인사말은 이것이다.

"엄마, 다음 세상에서 우리 또 만나!"

15년 동안 단절한 아버지와의 화해

'치매 = 가정파괴범'이라는 식으로 몰아붙이는 기사를 볼 때마다 안타까운 마음을 지울 수 없다. 나는 오히려 내가 모르는 세상을 알게 해 준 엄마의 치매에 감사함을 느끼기 때문이다. 15년 동안 아버지와의 단절을 깬 것도 다름 아닌 엄마의 치매 때문이었다.

"한집에서 그러고 산다고? 진짜? 어떻게 그러고 살아? 그것도 아버지랑?"

이 말은 아빠와 내가 어떻게 살고 있는지 털어놓을 때마다 다른 사람들이 보이는 공통된 반응이었다. 15년 동안 아빠와 나는 한집에서 같이 밥을 먹은 적이 없다. 물론 대화도 한 적이 없다. 단 한 번도. 혹시나 동네에서 마주치면 모른 척하며 서로 갈 길을 갔다. 아빠와 나는 온 가족이, 친지들이, 이웃들이 알 정도로 지독하게 서로를 외면했다. 엄마한테는 지극한 딸이 아빠한테는 왜 그러냐며 수군거리던 이웃들도 하나둘 사연을 알게 되면 나에게 손가락질까지는 하지 않았다.

물론 아빠와의 사이가 처음부터 좋지 않았던 것은 아니다. 아주 어릴 적엔 하루 종일 집안일만 하는 엄마와 달리 항상 책을 보거나 글을 쓰는 아빠를 더 존경하고 가깝게 여겼다. 특히 아빠의 주사 때문에 마음고생 하는 내 친구들의 얘기를 들을 때면 더욱 그랬다. 술 취한 모습을 보인 적도 없고, 손찌검 한 번 한 적 없는 사람이 내 아빠라는 사실에 자부심을 느꼈다. 아빠는 언제나 학자들을 가까이했고 그 만남에 항상 나를 데리고 다녔다.

아빠와 함께한 추억은 아빠가 오빠를 일찍 결혼시키면서 끝났다. 엄마는 사회생활을 좀 해 본 후에 결혼해도 늦지 않는다며 오빠의 이른 결혼을 반대했다. 두 분의 의견 충돌이 길어지고 감정의 골이 깊어지면서 결국 일생일대의 큰 사건이 터지고 말았다. 언니들과 내가 다 보는 데서 아빠가 내 얼굴 크기만 한 유리 재떨이를 엄마에게 집어던진 것이다. 아빠는 당신이 화가 났다는 걸 알리고자 엄마 반대 방향으로 재떨이를 던졌는데, 하필이면 엄마가 그쪽으로 피하다가 정통으로 맞게 되었다. 엄마는 쓰러졌고, 아빠는 당황했으며, 나는 울음을 터뜨렸다.

그날이었다. 존경했던 아버지가 멀어지는 것을 온몸으로 느꼈던 것은. 푸른 곰팡이와 검은 번개탄이 섞인 듯한 엄마

얼굴에 난 멍을 지금도 선명하게 기억한다. 그 멍은 두 달이 지나면서 사라졌지만 엄마의 가슴에 난 멍은 점점 짙어졌다. 아빠는 우리 방을 전전하는 엄마를 어떻게든 설득해서 안방으로 데리고 가려고 애썼다.

나는 새벽 시간에 소리 죽여 울던 엄마를 실눈으로 지켜보았다. 엄마는 비통했을 것이다. 나는 그런 엄마를 보며 수많은 생각을 했다. 아빠의 손을 떠난 재떨이가 순식간에 엄마에게 날아간 장면이 계속해서 머릿속을 맴돌았다. 아빠 혼자서 오빠의 결혼을 '초고속'으로 결정내렸고, 엄마는 그 '속도'를 줄이고 애쓰다가 '고속'으로 날아오는 재떨이에 정통으로 맞은 것이었다.

그로부터 30년이 흐른 지금 '고속'의 결과물이 줄줄이 나와 있다. 결국 오빠는 신라호텔에서 성대하게 결혼식을 올렸고, 부모님은 오빠에게 아파트를 사 주며 분가를 시켰다. 손이 귀한 집안에서 그토록 바라던 손주를 두 명이나 얻은 아빠는 우리 자매들에게서 서서히 멀어져 갔다. 내가 초등학교 3학년이 되던 해 첫 조카가 태어났으니 내 성장기는 아빠의 관심사가 아니라고 해도 과언이 아니다. 언니들이 질투할 정도로 엄마가 나를 챙겼던 것 역시 이 지점과 맞닿아 있다. 엄마는 내가 아빠에게 섭섭함을 느끼지 않도록 정말 최선을 다했던 것이다. 엄마 덕에 나는 아빠를 미워하거나 서럽다는 생각을 하지 않은 채 성장할 수 있었다.

시간이 흘러 엄마 덕분에 아빠를 미워하지 않을 수 있었다고 고백하자 아빠가 코웃음을 치며 말했다.

"내가 학비를 안 줬냐, 책값을 안 줬냐?"

나는 더 이상 아빠와 대화를 이어 나갈 수 없었다.

결정적으로 아빠와 절연하게 된 것은 셋째 언니의 결혼 때문이었다. 아빠는 돈이 한 푼도 없어 언니의 결혼에 아무런 도움도 줄 수 없다고 했다. 시골 땅과 산이 얼마만큼 있는지 너무나도 잘 아는 나는 아빠를 설득하다가 이내 눈물을 터뜨렸다. 나는 내가 결혼할 때는 아무런 도움을 주지 않아도 좋으니 언니의 결혼에 조금이라도 보태면 좋겠다고 간곡히 말씀드렸다. 아빠는 우리 집안은 딸자식은 자식으로 여기지 않는다는 말로 언니와 나의 기대의 싹을 싹둑 잘랐다.

아빠의 말에 내 귀를 의심하며 되물었다.

"우리가 자식이 아니라고요?"

결연하게 그렇다고 답하는 아빠를 보며 내가 비장하게 말했다.

"그렇다면 나도 오늘부터 아빠를 부모라고 생각하지 않겠어요."

그렇게 나는 아픈 마음을 부여잡고 언니의 허접한 결혼식을 지켜봐야만 했다.

그때부터 시작된 것이다. 아빠와 한 지붕 아래 남남으로 살게 된 것이. 그나마 안방은 아래층에 있고, 내 방은 위층에 있어 생각보다 아빠와 부딪칠 일이 많지는 않았지만, 한집에서 남남으로 산다는 것은 여간 불편한 일이 아니어서 결심이 꺾일 뻔한 적이 한두 번이 아니었다. 돈 한 푼 없다던 아빠가 계속해서 오빠에게 현금 지원을 아끼지 않았다는 사실을 알게 되지만 않았어도 애초에 꺾였을지도 모를 일이다. 하지만 그 사실을 알고부터는 '용서와 화해'라는 단어를 머릿속에서 지웠다. 언니들이 돌아가며 화해의 자리를 만들기도 했지만 모두 실패로 돌아가자 결국 다들 포기하고 말았다. 생각해 보면 나도 아빠도 서로 아쉬울 게 없었던 점이 15년을 버티게 한 힘이지 않았나 생각한다. 나는 엄마가 계셨으며, 아빠는 나 말고도 자식이 네 명이나 더 있었다.

그런데 엄마가 치매에 걸리자 상황이 급속도로 달라졌다. 식구라곤 달랑 세 명뿐인 방배동 집에 중간 다리 역할을 하던 엄마의 역할이 없어져 버리자 감추어졌던 문제가 수면으로 올라오기 시작한 것이다. 아빠와 나는 엄마의 정보를 교환하는 데 있어 불편한 점이 한두 가지가 아니었다. 아빠는 엄마의 치료 스케줄이나 엄마의 상태 등을 언니를 거쳐 건너 전해 들어야 했다. 물론 중간 해설자인 언니의 작은 실수 때문에 정확한 정보 전달이 제대로 되지 않는 경우도 허다했다. 내가 며칠 집을 비우게 되면 엄마 약과 챙겨야 할 지시 사항을 언니들을 통해서 아빠에게 알렸다. 아빠가 엄마의 복용약을 잊거나, 엄마에게 크고 작은 문제 등이 생기면 아빠는 언니에게 연락을 하고 언니들은 다시 나에게 연락을 했다. 아빠와 나는 그 지긋지긋한 생활을 5년 넘게 지속했다. 언니들은 중간 전달자의 피로함을 견디지 못하고 다시 아빠와 나를 설득하기 시작했다. 특히 셋째 언니는 결혼 당사자인 자신마저 아빠를 용서했는데 왜 네가 그러느냐며, 아빠가 돌아가시면 분명히 후회할 거라는 경고성의 멘트를 날리기도 했다.

아빠와 관계의 매듭을 풀지 못하던 어느 날, 노희경 작가가 TV에 나온 것을 우연히 보았다. 노희경 작가는 평생 가정의 생계를 책임지지 않은 아버지와 거의 남남으로 지내다가 돌아가시기 전에 극적으로 화해를 했다고 말했다. '평생 가정의 생계를 책임지지 않은'이라는 말이 확성기에 댄 것처럼 나에게 크게 들려왔다. 그리고 "내가 학비를 안 줬냐, 책값을 안 줬냐?"라던 아빠의 말이 오버랩 됐다. 회피하고, 부정하고, 무시했던 죄책감이라는 돌이 시속 200킬로미터로 날아오는 순간이었다.

나는 가까운 분께 내 마음을 털어놨다. 그분 역시 더 늦기 전에 화해를 하면 좋겠다고 권유했다. 이제까지 "아버지가 너무 하신거야."라며 내게 면죄부를 주던 사람까지 그렇게 나오자 내 괴로움은 배로 늘어났다. 그러나 내 자존심은 이대로 현생에서 아빠와의 인연을 정리해도 후회 안 할 자신이 있다는 최종 카드를 내밀었다. 셋째 언니 말대로 우리 집에서 아빠와 가장 닮은 사람은 나였던 것이다.

그러던 어느 날, 그렇게 15년 동안 둥지를 틀었던 자존심이라는 구렁이가 어느 날 갑자기 하늘로 승천해 버리는 믿지 못할 기적이 일어났다. 내게는 혹독하기만 했던 2013년이 끝나 가던 11월, 엄마가 계단에서 넘어져 4주 이상 깁스를 하는 사고가 났던 것이다. 이틀에 한 번씩 진료를 받으러 병원에 가야 하고, 24시간 엄마 옆에서 대기해야 하는 상황은 지금까지와는 전혀 다른 국면이었다. 언니들을 통해서 아빠와 연락을 주고받기란 너무도 어려운 일이었다. 아니, 그런 방식으로는 도저히 엄마를 보살필 수 없었다. 그래서일까. 엄마가 다친 지 3주째 접어들던 어느 날 외출하고 돌아온 아빠가 나에게 나직히 말했다.

"병원에선 뭐라 하더노?"

처음에는 나를 향한 말이라고 생각하지 못했다. 그러나 곧 나에게 한 말이라는 사실을 깨닫고 진료 결과를 아빠에게 말했다. 내 이야기를 들은 아빠는 침통하게 큰 기침을 하고는 방으로 들어갔다.

짧은 그 순간이 내게는 한여름 밤의 꿈처럼 비현실적으로 느껴졌다. 그 속을 허우적거리며 나는 엄마의 저녁을 챙기기 시작했다. 그런데 항상 그래 왔다는 듯 나도 모르게 아빠의 밥도 차리고 있는 것이 아닌가? 아빠 역시 자연스럽게 식탁에 앉아 우리와 함께 식사를 했다. 엄마의 진료 스케줄에 대해 나와 의논까지 하면서.

나는 그날 밤, '과연 이렇게 한 방에 해결될 일이 15년 동안 지속된 이유는 무엇일까?'라는 의문에서 헤어나지 못했다. 그건 내게 '우주는 계속 팽창하는가, 수축하는가?'라는 질문보다 훨씬 어려운 문제였다. 나는 그 문제를 도저히 혼자서는 풀 수 없다는 걸 잘 알고 있었다. 나는 한껏 들뜬 목소리로 가족들에게 이 사실을 알렸다. 그러자 가족들은 하나 같이 입을 모았다.

"아버지하고 너는 진짜 엄마한테 큰절을 올려야 해!"

치매에 걸려서까지 집안의 평화를 위해 보이지 않게
몸부림치는 엄마를 느낀다.

무지막지한 치매가 아무리 공격해도
엄마에게는 한 집안의 종부라는, 부인이라는,
엄마라는 자리를 그렇게 쉽게 빼앗지는 못했다.

그 치열한 전쟁터에 10년 동안 서 있는
엄마를 보는 것이 처음에는 많이 안타까웠다.
하지만 시간이 흐르면서 용기, 희망, 의지라는
단어를 더 많이 떠올리게 됐다.

그래서 더욱 더
나는 '치매 = 가정파괴범'이라는 식으로
몰아붙이는 기사를 볼 때마다
안타까운 마음을 지울 수 없다.
나는 엄마에게, 부처님께
그리고 내가 잘 알지 못하는
세상의 모든 신께
감사 기도를 드린다.

점방 할아버지의 죽음

죽음을 맞이하는 사람들은 그곳이 자신의 집이든, 병원이든
대부분 고통스럽거나 무표정한 얼굴로 세상을 떠난다. 마치 삶은 곧
고통이거나 무의미하다는 메시지를 남기고 싶은 것처럼.
그런데 간혹 가다 미소를 머금은 채 떠나거나, 한바탕 크게 웃다가
떠나는 사람도 있다. 그 모습은 떠나는 사람도 사람이지만
남겨진 사람들에게도 큰 위안이 된다. 나는 그런 사람들이
몇 십억 복권에 당첨된 사람보다 더 부럽다.

엄마는 환갑을 지나고부터 가끔씩 자신의 죽음에 대해 이야기하곤 했다. 그때마다 꼭 등장하는 인물이 하동 시골집 동네에 살던 점방 할아버지였다. 치매에 걸려도 점방 할아버지에 대한 기억은 변함이 없는지 엄마는 늘 입버릇처럼 "아무리 생각해도 점방 어르신만큼 복 받은 분은 없다. 점방 어르신처럼 죽고 싶다."고 말하곤 했던 것이다.

점방 할아버지는 본부인, 둘째 부인과 함께 살았다. 두 할머니는 방학 때 우리 가족이 시골집에 도착하면 신발도 신지 않고 달려 나와 반갑게 맞아 주셨다. 그러면 엄마는 두 할

머니께 안부를 여쭈며 언니와 내가 먹을 과자를 챙기기 시작했다. 그 후부턴 값을 치르고자 하는 엄마와 한사코 안 받겠다는 두 할머니 사이에서 '전쟁'이 시작되었다. 그리고 그 전쟁은 할머니들이 마지못해 엄마의 돈을 받는 것으로 종결되곤 했다. 내가 엄마 몰래 점방에서 과자를 자주 얻어먹는다는 걸 서로 잘 알기 때문에 이뤄지는 일종의 '평화 협정' 같은 거였다.

과자는 얼마 가지 못했다. 그럴 때면 나는 시골집에서 15분 거리에 있는 점방까지 걸어내려 갔는데, 어린 내겐 그 거리가 십 리 이상으로 느껴질 때가 많았다.

그러던 어느 저녁이었다. 저녁밥을 먹고 난 후 강렬하게 군것질이 하고 싶었다. 시골밥상에는 죄다 나물이나 무침밖에 올라오지 않았기 때문에 내 피와 살이 MSG를 부르고 있었다. 나는 손전등 하나 달랑 들고 겁도 없이 어두운 밤거리를 나섰다.

손전등을 비추지 않으면 한치 앞도 보이지 않는 어두운 시골길을 걷는데, 온갖 무서운 생각이 달려들어 뒷목이 서늘해졌다. 집으로 돌아가고 싶다는 마음도 있었지만 나를 따라와 주지 않은 언니를 골려 주며 과자를 먹겠다는 일념 하나로 간신히 한걸음 한걸음 내딛었다. 그나마 귀청을 때리는 매미 소리와 실개천 소리가 두려운 마음을 조금은 달래 주었다.

멀리 불 켜진 점방이 눈에 들어오기 시작했을 때 길 왼쪽에서 이상한 소리가 나기 시작했다. 손전등을 비추었을 때 나는 기함할 수밖에 없었다. 세상에 엄청나게 큰 뱀이 스르륵 움직이고 있는 것이 아닌가? 순간 온몸이 딱딱하게 굳어 내 의지로는 도저히 움직여지지 않았다. 뱀의 길이는 알 수 없었지만 굵기만큼은 운동선수 허벅지보다 커 보였다. 공포심이 극에 달한 나는 두 눈을 질끈 감았다. 차라리 시간을 끌지 말고 나를 얼른 잡아먹으면 좋겠다는 생각이 들 만큼 공포스러웠다. 다행히도 뱀은 유유히 움직이며 풀숲으로 사라졌고 나는 비명을 지르며 점방으로 뛰어 들어갔다.

TV를 보며 한바탕 웃고 있던 점방 어르신들은 미친 사람처럼 뛰어 들어가는 나를 보며 벌떡 일어났다. 자초지종을 들은 점방 할아버지가 말씀하셨다.

"여기 근처에 큰 구렁이가 한 마리 있다 카대. 그놈이 보통 놈이 아닌기라. 땅꾼들도 와서 한번 보더니만 그런 놈은 요물이라 함부로 잡으면 안 된다고 고개를 절래절래 흔들어 쌌더라."

내가 본 것이 뱀이 아니라, 백과사전에나 나오는 구렁이라는 말에 기가 막혀 말이 나오지 않았다. 머릿속은 온통 서울로 돌아가고 싶다는 생각뿐이었다. 그런데 서울보다 당장 시골집으로 돌아가는 게 더 큰 문제였다. 덜덜 떨며 갈등하는데, 할아버지가 나를 TV 근처로 데려가더니 같이 「웃으면 복이 와요」를 보자고 하셨다. 방금 구렁이한테 잡아먹힐 뻔한 나에게 태평하게 코미디나 보자고 하시는 할아버지가 나는 도무지 이해되지가 않았다.

할아버지는 그날 나를 집으로 데려다 주면서 내가 웃을 만한 즐거운 이야기들을 해 주셨다. 할아버지는 농담을 하는 중간중간 힐끔힐끔 내 표정을 살폈는데 돌이켜 보면 내 공포심을 웃음으로 풀어 주려 하신 것은 아닐까 하는 생각이 든다. 안타깝지만 할아버지의 그런 노력에도 불구하고 나는 마흔이 넘은 지금까지 뱀 사진도 못 볼 만큼 그 트라우마에서 벗어나지 못하고 있다.

점방 할아버지는 남들이 가지지 못한 특유의 해학과 여유를 가지고 있었다. 물론 어릴 적에는 그 분의 삶에 대해 존경심이나 관심을 두지는 않았다. 솔직히 점방 주인이라는 점 때문에 할아버지를 다른 친척 어른보다 한 수 아래로 여겼음을 부인할 수 없다. 더군다나 내가 중학교 때 할아버지가 「유머 1번지」를 보며 한바탕 웃다가 뒷목을 붙잡고 돌아가셨다는 이야기를 들은 후로 격이 떨어지는 분이라는 생각을 하기 시작했다. 어린 마음에 격이 있는 죽음이란, 병원의 엄숙한 분위기 속에서 가족들에게 둘러싸여 떠나는 것이라 생각했기 때문이다. 물론 틀에 박힌 생각이다. 지금의 나는 평생 욕심 없이 인생과 삶 자체를 즐긴 할아버지가 엄마의 말대로 신이 주신 최고의 선물을 받았다고 생각한다.

그 당시 그런 생각을 했더라면 친구들에게 우스갯소리를 전하듯 할아버지의 죽음에 대해 떠들고 다니지는 않았을 것이다. 하지만 할아버지는 나의 철없는 모습조차도 삶 속에 담겨져 있는 해학이라고 이해해 주실 것만 같다.

나는 점방 할아버지처럼 마지막을 맞이하고 싶다는 엄마의 간절한 바람이 이루어지기를 진심으로 바란다.

또 하나의 가족

거동이 불편한 어르신이 이웃들의 도움 속에 꿋꿋하게 홀로 잘 살고 있었다. 그러던 어느 날 자식이 나타나 어르신의 재산을 모두 정리하고 요양원에 보내 버린다. 여기서 문제는, 돈도 돈이지만 당신의 의사와 상관없이 가족 같이 지내 온 이웃들과 하루아침에 이별하게 된다는 데 있다. 참고로 이 이야기는 드라마가 아니라 우리 동네에서 실제로 일어났던 일이다.

"아이고, 어린애가 셋이나 되던데 아빠 없이 불쌍해서 우짜노?"

엄마가 눈물이 그렁그렁한 채 부고를 전했다. 며칠 전에 이사 온 옆집 아저씨 얘기였다. 이틀 후 나는 내 또래 아이들이 흰 소복을 입고 옆집으로 들어가는 걸 멍하니 지켜봤다. 그로부터 얼마 뒤 엄마와 옆집 아주머니는 급속하게 친해졌다.

엄마보다 열세 살이나 어린 아주머니는 엄마를 친언니처럼 대했고, 엄마는 아주머니를 친동생처럼 아꼈다. 반면 나는 나보다 두 살 어린 아주머니의 큰딸 지영과 네 살 어린 지경 자매와 그다지 가깝지 않았다. 온 동네방네를 쏘다니며 놀아야 직성이 풀리는 나와 달리 말수도 적고 수줍음도 많은 지영, 지경 자매는 항상 책만 보려고 해서 도저히 교집합을 만들 수 없었다. 엄마와 아주머니는 가끔씩 서로의 장점을 배우라며 우리를 비교했다. 하지만 지영이 고등학교에 입학하면서부터는 전교 5등 안에 드는 지영과 나를 굳이 비교하려 들지는 않았다. 물론 엄마는 포기하지 않고 지영의 이야기를 꺼내긴 했다. 그럴 때마다 나는 대학 등록금으로 만화가게를 차려 달라고 졸랐다. 남과 성적을 비교당하는 것을 좋아하는 사람은 없을 것이다. 하지만 희한하게도 지영과의 비교는 꼭 그렇지는 않았다. 지영이 나를 살갑게 대한 것도 아니고, 비교 자체가 필요 없을 만큼 친한 것도 아니었는데. 지영은 공부를 잘하면서도 젠 척 한 번 한 적 없었고, 언제나 상대방의 말을 순진무구한 자세와 마음으로 받아들이고 답했다. 나는 그런 지영을 좋아했다.

모두의 예상대로 지영은 명문대에 들어갔다. 우리는 각자의 바쁜 생활로 인해 더 이상 동네에서 만날 수 없게 됐다. 그렇게 7년이라는 시간이 흐르는 동안 나는 지영의 존재에 대해서 까마득히 잊었다. 그러던 어느 날 문득 지영의 존재가 떠올랐다. 간혹 옆집에 심부름을 가기도 했지만 지영을 본 적은 단 한 번도 없었고 길에서조차 마주치지 않은 것이 신기했다. 생각해 보니 아주머니의 말 속에서도 '지영'은 지워져 있었다. 아니나 다를까? 지영은 몇 년 동안 러시아에서 유학 중이라고 했다.

그 후로 다시 7~8년이 흘러 엄마의 심부름으로 옆집에 간 적이 있다. 아주머니는 안 계시고 지경이 집을 지키고 있었다. 오랜만에 마주 앉은 우리는 서로의 안부를 물었다. 지경은 치매 진단을 받은 우리 엄마를 걱정했다. 지영의 안부를 물으니 지경은 순간 멈칫하며 갈등하는 눈빛을 보이다 슬며시 입을 열었다.

"우리 언니 러시아에 유학 갔던 게 아니라 대학교 때 출가했어."

순간 나는 어이없게도 그 말을 대학교 때 가출했다는 말로 알아들었다. 지경이 이어 말했다.

"동네에선 아무도 모르니깐 비밀로 해줘. 언니 지금 부산 OO절에 있어."

아주머니를 생각하니 슬프고 비통했다. 불교신자인 내가 성불하기 위해 출가한 사람에게 그런 마음을 가져도 되나 여러 번 채찍질도 했다. 하지만 평정심을 찾을 수 없었다. 나는 나이 서른다섯에 혼자 되어 삼남매에게 헌신한 옆집 아주머니의 삶을 생각하지 않을 수 없었다. 그동안 그 사실을 숨기느라 얼마나 괴로웠을까 생각하니 눈물이 고였다.

엄마는 가끔 아주머니에게 지영의 안부를 묻곤 했다. 나는 엄마가 더 이상 지영에 대한 언급을 못하도록 이 사실에 대해 알리고 싶은 충동이 일었다. 하지만 치매 환자인 엄마에게 지영의 출가 사실을 알리는 것은 위험천만한 일이었다.

한번은 엄마가 지영이 혹시 외국에서 죽은 것은 아닐까 하며 이야기를 꺼냈다. 한참을 고민하던 끝에 엄마에게 사실대로 말씀드렸다. 엄마는 이내 얼굴을 가리고 울기 시작했다. 다행히도 그 이후로 지영의 얘기를 꺼내지 않았다. 치매 때문에 지영의 존재를 완전히 잊은 건지, 아주머니를 배려하기 위함인지는 잘 모르겠지만.

그렇게 옆집과는 32년 동안 이웃으로 살면서 서로의 아픔과 기쁨을 함께했다. 방배동 집을 팔았다는 말을 들었을 때도 엄마 다음으로 떠오른 분이 아주머니였을 정도였다. 엄마에게 아주머니는 호적에 기재된 이름만 가족일 뿐인 관계와 달리, 엄마의 진짜 가족이나 다름없었다. 아주머니는 그 누구보다도 엄마의 치매 진행 상황에 대해서 정확하게 알고 있었다. 방배동에 사는 동안 엄마가 혼자 있는 시간에 식사를 거를까 봐 체크해 주고 수없이 음식을 가져다 주고 집에만 있으려고 고집 부리는 엄마를 어떻게든 사람들과 어울리게 하기 위해 힘겹게 밖으로 끌어내 주었다.

나는 그 이후로 단 한 번도 지영의 출가에 대해 언급한 적이 없다. 시간이 흘러 이야기를 먼저 꺼낸 것은 아주머니였다. 자연스럽게 출가 사실에 대해 말하는 아주머니의 말을 듣자니 가슴이 찡했다. 그 방법이야말로 가장 아주머니답다는 생각도 들었다. 우리 집과 아주머니는 서로 긴 이야기가 필요 없는 사이였기 때문이다.

나 역시 아주머니를 가족이라 생각한다. 이제까지 엄마와 아주머니가 그래 왔던 것처럼 자연스럽게 드는 생각이다. 그런 아주머니와 엄마와의 관계를 보면서 이런 이웃사촌이 많아지면 이 세상이 얼마나 견고하고 따뜻해질까 생각하곤 한다.

아주머니의 노년이 평온하길 간절히 기원한다.

이 글을 정(情)과 덕(德)이 무엇인지 몸소 가르쳐 주신 옆집 아주머니께 바친다.

빨간 고무다라이와 왕따 친구

우리 집 욕실에는 주황 바가지, 구리 세숫대야, 빨간 고무다라이가 있었는데 그 사실이 부끄러워서 나는 친구들이 올 때면 그것들을 보이지 않는 곳에 숨겼다. 하지만 고무다라이만큼은 너무 커서 숨길 수도 옮길 수도 없었다. 제발 좀 갖다 버리자고 매달리면 엄마는 그 싸구려 삼총사가 물 절약의 일등공신이라고 말하곤 했다. 그럴 때마다 나는 시골에 있는 요강까지 갖다 놓지 그러느냐며 화를 냈다.

엄마의 치매 연차가 늘수록 집안 살림살이의 주도권이 점점 나에게로 넘어오기 시작했다. 부담스럽고 버거울 때도 있지만, 어떨 때는 10년 쌓인 체증이 내려갈 정도로 통쾌하게 느껴질 때도 있다. 여기저기 쌓아 둔 살림도구를 내 마음대로 갖다 버릴 때 특히 그렇다. 폐기 처분 목록을 만든 밤, 엄마 몰래 갖다 버린 1호 물건은 다름 아닌 욕실에 있던 빨간 고무다라이였다.

먼저 빨간 고무다라이의 디테일한 모양과 크기에 대해 꼭 짚고 넘어가고 싶다. 문제의 다라이에 대해서 잘 모르는 사람들은 '뭘 또 그렇게까지! 우리 집에도 다라이는 있었는데.'라고 생각할 가능성이 높기 때문이다. 하지만 자신 있게 말할 수 있다. 우리 집 다라이는 가정집에는 절대 있을 수도, 있어서도 안 되는 것이었다고 말이다. 크기부터 설명하자면, 성인 욕조를 세워 놓은 높이에, 대형 세탁기만 한 둘레, 거기다 뚜껑까지 있었다. 우리 집이 오래된 단독주택이어서 그렇지 웬만한 집 욕실에는 들어가지도 못할 규모였다. 그 다라이가 정확하게 언제 욕실에 입성했는지는 기억나지 않는다. 다만 초등학교 때 집으로 놀러온 친구가 욕실에서 나오며 저건 도대체 뭐냐고 물어봐서 창피했던 기억은 난다. 중학생이 되면서부터는 집에 오는 친구들의 궁금증이 더 진화하기 시작했다.

"너희 집은 다라이에서 목욕해?"

하지만 나는 친구들에게 절대 그 용도에 대해 말하지 않았다. 아니, 도저히 말 할 수가 없었다.

1985년 내가 입학한 중학교는 학부모들이 치맛바람깨나 일으키는 학교로 유명했다. 하지만 엄마는 나의 입학에 별다른 감흥을 보이지 않았다. 나 또한 집에서 제일 가까운 학교에 배정된 게 축하받을 일은 아니라고 생각했다. 초등학교와 너무나 다른 분위기에 정신을 못 차리다가 반 분위기를 뜯어볼 여유가 생기기 시작하자 아이들이 홍해가 갈리듯 묘하게 나뉘어져 있는 양상이 내 눈에 들어왔다. 처음에는 그 기준이 성적인지, 출신 초등학교인지, 비슷한 덩치인지 헷갈렸다. 그런데 얼마 뒤 기상천외한 기준을 알려 주는 사건이 터지고야 말았다.

아침 자율학습시간에 쪽지가 하나 날아왔다. 멀리서 부반장이 나에게 눈짓하고 있었다. 나는 딴짓하지 말라는 경고라 여기고 떨떠름하게 쪽지를 열었다. 쪽지에는 방과 후 자신의 집에서 생일 파티가 있을 예정이니 왔으면 좋겠다는 글이 적혀 있었다. 엄마에게 미리 말하지 못한 게 내심 마음에 걸렸지만, 생일 파티 때 먹을 음식들을 생각하니 도무지 뿌리칠 수 없었다. 나는 갈 수 있다고 고갯짓을 보냈다.

마지막 교시가 끝나자 반 친구들이 삼삼오오 교실을 빠져나가기 시작했다. 청소 줄에 걸린 나는 '생일 파티 가긴 글렀구나.' 생각하며 의자를 책상 위로 올렸다. 그때 부반장이 무슨 첩보원 접선하듯 바짝 다가와 먼저 가 있을 테니 청소 마치고 오라고 소곤거렸다.

청소 시간이 끝나자 나는 잽싸게 교실을 나갔다. 그때, 매번 함께 하교하는 친구가 나를 따라나서는 것이 아닌가? 친구는 청소 당번인 나를 기다리고 있었다. 아차 싶었다. 생일 파티에 빨리 가야 한다는 조급증 때문에 친구의 존재를 까마득히 잊고 있던 내 잘못이었다.

도저히 친구에게 먼저 집으로 가라고 말할 수 없었다. 고민 끝에 친구에게 생일 파티에 같이 가자고 제안했다. 당시 우리 학교에서 부반장의 집까지는 걸어서 40분 정도 걸렸다. 그 먼 거리를 혼자서 갈 뻔했던 나는 마냥 신나서 재잘댔다. 하지만 그 친구는 말없이 걷고 또 걷기만 했다. 친구는 아무리 생각해도 초대받지 않은 자신은 가지 않는 게 좋겠다고 했다. 나는 왜 이제 와서 말을 바꾸냐며 도리어 친구에게 짜증을 냈다. 신호등에서 서로 가네, 못 가네 옥신각신을 반복하다 결국 친구가 내 고집에 무릎 꿇고 말았다. 솔직히 친구 때문에 생일 파티에 더 늦었다는 생각에 귀찮고 짜증스러워 혼자 가고 싶기도 했다. 하지만 한번 고집을 피우기 시작하면 아무도 꺾지 못하는 나의 이상한 병이 사태를 더 비극으로 몰아가고 있었다.

띵동.

우여곡절 끝에 목적지에 도착한 나를 반기며 부반장이 뛰어나왔다. 순간 나와 친구를 번갈아 가며 바라보는 부반장의 표정이 싸늘하게 바뀌었다. 부반장은 나를 잡아채듯 집 안으로 끌어들이고는 현관문을 닫아 버렸다. 나는 어리둥절한 채로 거실에 있는 친구들을 멍하니 보고 섰다. 부반장은 왜 네 마음대로 친구를 데리고 오냐며 나에게 당장 돌려보내라고 말했다. 부반장의 예상치 못한 반응에 놀라 설득해 보려 했지만 아무 소용이 없었다. 내 주특기인 고집을 피워 봤지만 부반장은 그럴 거면 너도 같이 집에 가라고 차갑게 말했다. 자존심이 상했다. 나는 돌아섰다. 그런데 문이 안 열렸다. 아니, 투박하고 단순한 우리 집 문과 너무나 다르게 생긴 그 문을 어떻게 열어야 하는지 알 수 없었다. 친구들을 향해 힘없이 말했다.

"문 좀 열어 줘."

계단을 내려서는데 친구의 모습이 보이지 않았다. 후다닥 뛰어가니 친구는 저 멀리 언덕길을 내려가고 있었다. 마음은 얼른 상처받은 친구를 위로해 주라고 신호를 보내는데 한편으로는 친구 때문에 일이 이상하게 꼬였다는 못난 마음이 생기기도 했다. 나는 적당한 간격을 유지하며 친구를 뒤따라갔다. 드넓은 빌라의 정원을 벗어날 때쯤 친구가 발걸음을 멈추고 씨익 웃으며 말했다.

"왜 그냥 나왔어?"

"그냥."

나는 여전히 그 많은 음식에 손 한번 못 대 본 게 한탄스러웠다.

"너 배고프지?"

친구는 자기 집에 가서 저녁을 먹자고 했다. 그리고 그로부터 약 한 시간 후 나는 심통이 나서 거리에 주저앉고 말았다. 가도 가도 끝이 없는데 친구는 아까부터 "거의 다 왔어."를 반복하고 있었던 것이다. 시골에서 어른들 따라 산에 오를 때 많이 당해 본 일을 친구에게 겪자 온갖 짜증이 다 밀려왔다. 그렇게 한참을 걷다 친구의 동네에 발을 들여놓는 순간, 한겨울 산속의 약수로 등목이라도 한 듯 정신이 번쩍 들었다.

포장마차가 다닥다닥 붙어 있는 것 같았는데 그게 다 각각의 가정집이었다. 평상을 여러 개 붙여 중간에 가벽을 세우고 두꺼운 천막으로 가림막을 만든 형태였다. 그곳이 판자촌이라는 건 나중에 알게 됐다. 그런 집을 처음 본 나는 눈치도 없이 자꾸만 바닥과 벽을 꾹꾹 눌러 보며 집 안으로 들어섰다. 아무도 없다던 친구의 집에는 어머니께서 누워 계셨다. 어머니는 나보다 더 놀란 눈으로 친구와 나를 올려다보셨고, 나는 그 사이에 서서 어설프게 인사했다. 친구는 생일 파티 사건은 쏙 뺀 채 내가 저녁을 먹으러 온 거라고 말했다. 친구의 어머니는 일을 하다 허리가 아파서 조퇴를 한 것이라고 했다. 친구가 어색하게 웃으며 말했다.

"우리 엄마, 저 아래 지하철 역에서 청소하시거든."

그리고 나서 곧장 부엌으로 가더니 이내 빼끔히 고개를 들이밀며 말했다.

"밥이 한 공기밖에 없는데, 우리 라면 먹을까?"

친구 어머니는 "친구한테 무슨 라면이야." 하며 힘겹게 일어나 부엌으로 갔다. 하지만 이내 친구한테 연행되다시피 들어와 자리에 다시 누웠다. 친구는 작은 교자상에 라면과 김치, 밥 한 공기를 가지고 들어왔다. 나는 우리만 먹는 줄 알았는데, 친구는 어머니를 일으켰다.

"엄마, 진지 드세요."

나는 엄마에게 극존칭을 쓰는 친구를 처음 보았다. 솔직히 속으로 새엄마인가도 싶었다. 어머니는 라면 국물에 밥을 말아 술술 마시며 "줄 게 없어서 어떻게 해? 변변한 찬이라도 있으면 내가 라면 먹고 너네들 밥을 주겠구만." 하며 얼굴을 매만졌다.

식사를 마치고, 설거지를 하러 가는 친구를 냉큼 따라 나갔다. 한 방에 친구의 엄마와 단둘이 있는 게 어색했기 때문이다.

어둡고 습한 부엌에 불을 켜는 순간 너무나 놀란 나머지 다시 한 번 얼어붙고 말았다. 부엌과 욕실의 기능을 함께하는 그 미지의 공간 한 구석에 우리 집과 똑같은 고무다라이가 떡 하니 있었던 것이다. 크기와 색깔, 뚜껑까지 똑같은.

"저 빨간 건 머야?"

나는 마치 저런 물체는 처음 본다는 듯 우리 집에 온 친구들이 그랬던 것처럼 물었다. 친구는 세탁기에서 나온 헹굼 물을 다라이에 모아 뒀다가 손빨래할 때 쓴다고 했다. 다라이 용도까지 우리 집과 같다는 사실을 깨달은 순간 갑자기 얼굴이 화끈거렸다. 나는 당장 그 집을 뛰쳐나가고 싶었다.

친구 어머니는 "과일 한쪽 없어서 미안하네." 하며 택시비를 건넸다. 나는 그 돈을 받을까 말까 고민하다가 친구 때문에 하루 종일 고생한 게 억울해서 얼른 받았다. 하지만 내 핏속에도 그 고무다라이 용도와 같은 절약 DNA가 있었기 때문인지 택시도 버스도 타지 않고 한없이 걷고 걸어서 집으로 돌아왔다.

길고 지난한 하루를 보낸 그날 밤, 나는 욕실에 들어가서 그놈의 고무다라이를 뚫어져라 노려봤다. 그날부로 고무다라이는 가난의 상징물이라고 판결을 내렸다. 그리고 아주 오랫동안 고무다라이를 버리자고 노래를 불렀다. 그러면 엄마는 거기다 헹굼물을 받았다가 걸레도 빨고 계단 청소도 하는 게 얼마나 효율적인 일인지 나에게 설명하고 또 설명했다.

엄마는 오랜 시간 단짝 친구를 지키듯 고무다라이를 지켜냈다. 물론 지금까지 다라이를 쓰는 것은 아니다. 엄마가 치매에 걸리면서 고무다라이를 애초에 치웠다. 그런데도 사물이 주는 힘은 어마어마해서 요즘도 가끔씩 대형식당 한 구석에 자리 잡고 있는 오래된 고무다라이를 발견할 때면 집나간 강아지를 다시 만난 듯 울컥한 마음이 든다.

그리고 욕실의 세탁기에서 맑은 헹굼물이 하수구로 한없이 빨려 내려가고 있는데도 아무런 제지도 하지 않고 욕실을 나오시는 엄마를 볼 때면 내 마음까지 한없이 하수구로 빨려 내려가는 것만 같다.

신문 할머니의 사랑

휴대폰이 없던 시절 버스를 하염없이 기다리며 토큰 파는 가게에 비치된
신문을 훑어봤다. 고속터미널 근처 토큰 가게 사람들이 추운 겨울날인데도
아랑곳 않고 바깥에서 함께 도시락을 먹던 모습이 아직도 눈에 선하다.
혹한에 따뜻한 국물 하나 없고 많은 사람들이 오가는 와중이었지만
호탕하게 웃으며 식사하던 모습은 내 머릿속에 선명하게 각인되었다.
가끔은 그런 흘러가는 풍경들이 오래도록 기억되기도 한다.

치매 걸린 엄마와 함께 살며 시나리오를 쓰기란 여간 어려운 일이 아니다. 시간 관리, 체력 관리, 마음 관리, 돈 관리 중 하나라도 삐끗하면 우리 모녀의 일상은 여지없이 무너진다. 그래서일까? 해가 갈수록 독해지는 것이 피부로 느껴졌다. 아니, 독해져야만 버틸 수 있었다. 특히 시간 관리에 대해서는 예전보다 훨씬 예민하게 굴었다. 무엇보다 매일 밤 9시에서 11시까지 산에서 운동하는 시간은 꼭 지켜 냈다. 그 시간만큼은 엄마도 날 방해하면 안 됐다. 다행히 엄마는 밤마다 운동복으로 갈아입고 나가는 내게 단 한 번도 가지 말라거나 당신과 함께 있자고 부탁한 적이 없었다. 나는 마음 편

히 집을 나와 걸으며 머릿속으로 온갖 이야기를 만들어 내고 지우는 작업을 할 수 있었다.

2009년의 여름 밤, 운동을 하러 집을 나서는 길이었다. 무더위의 기승 때문에 대문을 나서자마자 숨통이 턱 막혔다. 하지만 영하 10도 이하로 떨어지는 겨울 칼바람에 비하면 여름 무더위는 한결 나았다. 높은 습도 탓이었을까? 겨우 몇 발자국 움직였을 뿐인데 등짝에서 땀방울이 고이기 시작했다.

'오늘 땀깨나 흘리겠군!' 생각하며 산으로 향하는데, 한 가게 앞에서 아저씨와 할머니가 실랑이를 벌이고 있었다. 나는 막무가내로 할머니에게 짜증을 내는 아저씨의 고함소리가 신경에 거슬려 아저씨를 쏘아 보았다. 그렇게라도 할머니 편에 서고 싶었다. 아저씨는 자신이 모아 놓은 빈 박스를 할머니가 가져갔다며 노발대발하고 있었다. 나는 문득 집에 쌓여 있는 종이박스와 신문지가 생각났다. 9시 20분이 다 되어 가는 시간이라 고민이 되었지만, 할머니를 우리 집까지 모셔간 후 산에 가면 된다고 생각했다. 나는 할머니가 계신 곳으로 다가갔다.

"어르신, 혹시 신문지 같은 것도 필요하세요?"

"신문지요? 신문지 주시려고요? 아이고, 고맙습니다."

할머니가 나를 따라 나섰다. 그러나 집에 도착해 현관문을 여는 순간 곧바로 후회했다. 엄마와 비슷한 연세의 할머니가 우리 집의 가파른 계단을 오르기에는 너무나도 벅차 보였기 때문이다. 그런 할머니에게 알아서 신문지를 가져가라고 하고서 혼자 운동을 갈 수 없었다. 나는 괜한 일을 벌였다고 후회했다.

나는 곧 잔머리를 총동원해 운동을 할 수 있는 지름길을 찾았다.

"어르신, 신문지가 너무 많아서 카트에는 다 안 들어갈 것 같아요. 다음에 오실래요?"

운동을 가기 위한 핑계만은 아니었다. 우리 집에는 할머니 카트의 족히 열 배는 넘는 폐휴지가 쌓여 있었다. 한 번에 다 가지고 갈 수 없었다.

신문지 양을 확인한 할머니는 금메달이라도 목에 건 것처럼 좋아했다.

"우리 할아버지한테 전화 넣으면요, 리어카 끌고 올 건데요."

할머니의 눈빛에서 폐를 끼치지 않는 선에서 신문지를 가져 가고 싶다는 마음을 읽을 수 있었다. 할머니의 순수한 모습에 나는 운동에 대한 집착을 버리기로 결심했다.

"그러면, 할아버지께 전화하세요. 그동안 제가 밖에 내놓

을게요!"

그제야 할머니가 환하게 웃었다.

엄마는 딸이 그토록 중요하게 여기는 운동을 왜 중단하고 집으로 돌아왔는지 상황을 살피며 내 눈치를 보았고, 나는 모르는 사람이 집에 오는 것을 극도로 싫어하는 엄마를 의식하며 빛의 속도로 폐지를 대문 밖에 내놓기 시작했다. 조금밖에 옮기지 못했는데 운동복이 흠뻑 젖었다. 그러는 동안에도 할머니는 "그냥 내려만 주면 할아버지랑 가져갈게요!" 하며 자꾸만 내 옷자락을 잡아당겼다. 하지만 할머니는 이내 그것이 나를 더 힘들게 만든다는 걸 알아챘는지 잠시 뒤엔 바닥에 흩날리는 낱장들을 정리하기 시작했다.

내가 한 시간 넘게 치우는 동안, 엄마와 할머니는 어느새 계단에 앉아 이런저런 담소를 나누었다. 나는 마치 체력장 시험이라도 보는 것 같은 기분이 들었다. 계단을 수십 번 오르내리면서 산에서 운동하는 것 이상으로 땀이 났던 것이다. 나는 산에 대한 생각을 완전히 잊었다. 할머니를 도왔다는 뿌듯함 때문인지 몸이 한결 가볍게 느껴지기도 했다. 곧 할아버지가 도착했다.

할아버지는 더워 먹는다고 할머니에게 가만히 앉아 있으

라고 했고, 할머니는 자신이 도와야 빨리 끝난다며 몸을 움직였다. 그 모습을 보니 평생 두 분이 어떻게 살아왔는지 한눈에 알아볼 수 있었다. 그제야 나는 칠순이 넘은 할머니의 표정이 왜 그토록 해맑았는지 이유를 알 수 있었다. 할머니는 사랑받고 있었고, 사랑하고 있었던 것이다. 두 분은 다정하게 리어카 가득히 폐휴지를 실었다. 나는 폐휴지가 다시 모이면 연락드리겠다며 할머니의 전화번호를 받았다.

"저 할매는 우째 저리 복이 많을꼬!"

엄마가 두 분이 가는 모습을 지켜보며 말했다.

엄마는 당신이 평생 누리지 못한 사랑을 할머니가 받고 있는 게 부러운 눈치였다.

사랑 따윈 필요 없다는 비장한 표정으로 한평생을 꿋꿋하게 살아온 엄마도 은근슬쩍 사랑받고 싶다는 표현을 한 것이었다. 서툰 엄마의 표현대로 치매는 주위 사람들에게 깊은 사랑과 관심을 갈구하는 병이다. 다만 그것을 있는 그대로 표현하느냐, 속마음을 들키지 않으려고 반대로 표현하느냐의 차이일 뿐. 엄마를 위로하고 싶었지만 그 방법이 딱히 생각나지 않았다. 나는 세계에서 가장 아름다운 단어로 꼽히는 건 '사랑'도 '꿈'도 아닌 '엄마'라고 말했다. 잠시 내 말을 생각해 보던 엄마는 "쓸데없는 소리 할 거면 설거지나 해라." 하고는 방으로 들어가 버렸다.

다음 날 할머니는 우리 집으로 참외를 가져오며 고마움을 표하셨다. 그로부터 6년이 지난 현재까지도 할머니는 할아버지와 함께 우리 집에 오셔서 폐휴지를 치워 주시고 있다. 할머니 당신이 보기에 엄마는 절대 치매인 것 같지는 않다고 고개를 가로저으며 엄마와 긴 시간을 보내다가 돌아가시기도 한다. 생각해 보니 할머니는 내 휴대폰에 '신문 할머니'로 입력되어 있다. 내일이라도 전화를 드려 존함을 여쭤 봐야겠다.

부처님과 하나님의 교대 근무

종교 책을 읽을 때면 매번 같은 고민에 빠져든다.
'부처님도 하나님도 마리아님도 알라신도 결국은 다 같은 신은 아닐까?' 하고 말이다. 그런 생각에 불을 지핀 건 헤르만 헤세. 종교관을 떠나 내 인생의 책으로 남은 『지와 사랑』의 저자가 『싯다르타』까지 썼다는 사실을 알았을 때 너무나 충격적이었기 때문이다.

우리 가족의 종교는 아빠 유교, 엄마 불교, 오빠 '모르겠음', 큰언니 기독교, 둘째 언니 무교, 셋째 언니 가톨릭교, 나는 불교다. 어릴 적 친구가 너희 집 종교는 무엇이냐고 물었을 때 나는 구구단 외듯 가족들의 종교를 읊었다. 친구는 "니네 집 진짜 이상하다."라고 했고 나 역시 그 말에 동의했다. 조선 시대도 아닌데 유교는 무엇이며 또 '모르겠음'은 무엇인지. 차라리 "난 아무도 안 믿어. 무교야."라고 말하는 둘째 언니 대답이 가장 명쾌하게 다가왔다.

종교에 막 눈뜰 때만 해도 나는 기독교에 관심이 많았다. 일요일 아침, 온 가족이 교회에 가는 모습이 부러웠다. 우리 가족에게는 없는 친밀함과 통일성이 있다고 생각했다. 나는 가족 중 누구와 종교적 통일성을 꾸릴 것인가 고민했다. 고민은 그리 오래가지 않았다. 엄마가 염주를 돌리는 모습이 나에게는 너무나 익숙한 광경이었기 때문이다. 엄마가 절에 갈 때 따라나서서 나는 어설픈 기도와 절을 올리기 시작했다. 물론 부처님 말씀을 듣는 게 좋았다면 거짓말이다. 그저 산속에서 또래 아이들과 뛰어놀다가 절밥을 먹는 게 좋았다. 내가 신에 대해 본격적으로 생각하기 시작한 것은 108배를 제대로 소화할 줄 아는 고등학생이 되고부터다.

관악산 꼭대기에 있는 연주암에 가는 엄마를 따라나선 날이었다. 우리가 도착했을 땐 법회가 이미 시작된 뒤였다. 나는 엄마 옆에 바짝 붙어 앉아 천천히 주위를 둘러봤다. 온통 할머니와 아주머니들이었다. 주지 스님이 말씀하셨다.

"여기 와서 돈 낼 필요 없고, 기도할 필요도 없습니다."

그 말씀에 잡생각이 싹 달아났다. 스님은 불자들이 온갖 세상의 때가 묻은 무거운 몸을 이끌고 연주암까지 올라온 것만으로도 대단한 불공인데, 무엇하러 공양미까지 올리며 소원을 비느냐고 우리에게 되물었다. 그날 나는 범종에 머리를 맞은 듯한 충격을 받고 집으로 돌아왔다. 절에 밥이나 먹으러 다녔던 나를 돌아보며 변화가 필요하다고 생각했다. 그렇다고 내가 그 당시에 뭔가 대단한 깨달음을 받았다고는 생각하지 않는다. 다만 출발이 잘못 되었으니 다시 출발선에 서야 한다는 생각이 들었다. 하지만 대학에 들어가면서부터는 절에 가는 엄마를 따라나서지 않았다. 1년에 한 번 부처님 오신 날에 가는 게 전부였다. 그러나 언제 어디서든 나는 내 종교를 불교라 밝히곤 했다. 나는 법회 한 번 참석한 적 없는 날라리 불자였던 것이다. 과연 부처님은 그 세월 동안 내가 불자인 것에 동의하셨을까?

20년이 흐르고 엄마가 치매에 걸리면서 다시 절을 찾게 됐다. 하지만 절에 가서 108배를 올린다고 내 불안한 마음이 가시지는 않았다. 더군다나 2013년은 나 혼자 버티기에는 너무나 힘든 일이 많았다. 기댈 곳이 필요했다. 고민 끝에 봉은사 기초학당 과정을 신청했다. 매주 화요일 저녁 부처님의 말씀을 듣고 마음공부를 하면서 수계증을 받는 과정이었다. 쉽게 생각하면 일주일에 두 시간만 투자하면 되는 것이요, 어렵게 생각하면 석 달 동안 열 번의 출석 체크를 해야 하는 번거로운 일이었다. 일과 엄마에게 치이다 보니 일주일에 한 번 절에 가서 앉아 있는 것만으로도 나에게 크나큰 힐링이 됐다. 그렇게 정기적으로 절을 찾는 동안 나는 아주 중요한 깨달음을 얻을 수 있었다. 그것은 주지 스님의 말씀 속에 숨어 있었는데, 원수 같은 마누라와 남편도 부처님이요, 말 안 듣는 자식도 부처님이며, 힘없는 부모님도 부처님이니, 무엇보다도 가족들에게 잘해야 한다는 것이었다. 그 순간 주지 스님의 말씀이 SNS 문자로 내 가슴에 전송되는 것을 느낄 수 있었다.

팔 깁스를 한 이후 엄마는 자주 섬망 증세를 보였는데, 주로 새벽 시간에 그 증세가 나타나곤 했다. 나는 가끔 엄마 방에 들어가서 다른 별에 가 있는 엄마의 마음과 정신을 붙들곤 했다. 새벽 3시가 다 되어 가는 그날도 엄마의 방에서 인기척이 들려왔다.

"엄마, 뭐해?"

방문을 열고 들어갔더니 엄마는 불교 방송을 보고 있었다. 안도의 한숨을 내쉬고 편한 마음으로 자려고 누웠는데, 한 시간이 넘도록 잠이 오지 않았다. 나는 불교 방송이나 봐야겠다는 생각에 다시 엄마 방문을 열었다. 그런데 세상에나! 불교 신자인 엄마가 이번에는 기독교 방송을 틀어 놓고 물끄러미 보고 계신 것이 아닌가? 초점 없는 엄마의 눈빛을 보며 조금 전의 그 불교 방송 역시 방 안의 배경음 정도로 작게 틀어 놓았다는 것을 알게 되었다.

그날 이후로 나는 엄마가 새벽에 어떤 방송을 보는지 체크해 보았다. 엄마는 스토리가 이어지는 드라마에는 집중을 못하고, 「6시 내 고향」 같은 정보 프로그램이나 다큐멘터리 정도에 관심을 가지고 있었다. 그런데 심야에 방송되는 프로그램을 살펴보니, 엄마가 관심 있게 볼 만한 프로그램이 전무하다시피 했다. 그렇게 채널을 돌리다가 엄마는 급기야 종교 채널까지 가게 된 것이다. 텔레비전에 나오는 게 어떤 방송인지는 중요한 문제가 아니었을 것이다. 엄마는 불교 방송이든 기독교 방송이든 나오는 소리를 통해 누군가 자신과 함께하고 있다는 위로를 받고 싶었던 것 같다.

엄마가 가끔씩 과거나 미래로 시간 이동을 떠나는 것 또한 같은 선상에 있는 게 아닐까 싶다. 엄마가 시간 이동을 떠난 그 별에는 부처님과 하나님, 마리아님이 같은 식구로 살고 있을지도 모른다는 생각이 들었다. 그 이후로 나는 기독교 방송을 보고 있는 엄마의 채널을 마음대로 바꾸지 않는다. 더불어 내가 잠든 시간에 엄마가 있는 별에서 교대 근무를 서 주는 부처님과 하나님께 감사한 마음이 들었다.

이렇듯 종교에 대해 다른 시각을 갖게 만들어 준 것 또한 다름 아닌 엄마의 치매였다.

괴짜 국어 선생님과 일관성 없는 엄마

"얘, 만화 가게 주인하고 싶대요."
"그것도 나쁘지 않지."
선생님은 나에게 혹시 작가나 기자가 되고 싶은 생각은 없느냐고 물었다.
나와 아이들은 웃음을 터뜨렸다. 작가나 기자는 공부를 잘해야만
할 수 있는 것이라고 생각했기 때문이다.
유일하게 선생님만 웃지 않았다. 아니, 선생님은 진지했다.
"무슨 말인지 나중에 알게 되겠지, 다 때가 있으니까."

중학교 때 수업이 형편없는 국어 선생님이 있었다. 공부를 못하는 내가 봐도 다른 선생님들에 비해 수업이 추상적이고 답답하기 그지없었다. 국어 선생님은 매번 진도를 못 맞추고 엉뚱한 얘기만 늘어놓다가 시험 1~2주 전에야 간신히 시험 진도를 맞추었다. 엉뚱한 얘기들은 주로 시인과 소설가의 개인사, 시대적인 상황 들이었다. 김만중의 구운몽을 예로 들자면, 일반적인 선생님들은 구운몽 본문에 한 줄 한 줄 밑줄 긋고 시험에 나오는 부분을 강조해서 설명한다. 그러나 이 선생님은 진도는 전혀 나가지 않고 왜 작가가 그 소설을 썼는지에 대해서만 주구장창 말하다가 우리의 생각을 물

었다. 선생님의 질문에 그걸 우리가 어떻게 아느냐고 반항하듯 답하는 친구도 있었다. 선생님은 아랑곳하지 않고 더 이상한 방법으로 우리를 괴롭혔다. 어디서 듣도 보도 못한 오페라를 하나 틀어 주고 그 느낌을 써 오라고 글짓기 숙제를 낸 것이었다.

그날도 선생님은 책은 펴지도 않은 채 아무 주제나 상관없으니 시를 한 편 써 내라고 했다. 친구들은 선생님 말을 무시하고 참고서나 다른 과목 책을 펼치기 시작했다. 그때 학습부장이 손을 들더니 선생님의 일관성 없는 수업 방식에 대해 항의했다. 선생님은 힘겹게 화를 참는 느낌이 역력했다. 나는 편하게 만화책을 볼 수 있는 절호의 기회에 초를 치는 학습부장을 흘겨봤다.

선생님은 우리에게 일관성이 무엇을 뜻하는지 되물었다. 학습부장이 그럴듯하게 설명하는 듯했지만 선생님은 무슨 말인지 도무지 모르겠다며 우리에게 시 대신 일관성을 주제로 글짓기를 써 보는 것이 좋겠다고 제안했다. 여기저기서 한숨이 튀어나왔다. 차라리 시가 나았다. 의성어와 의태어가 잔뜩 들어간 짧은 글 하나만 대강 쓰면 되기 때문이다. 나는 원망스런 마음으로 학습부장을 노려보며 만화책을 덮었다. 선생님은 글짓기 점수를 기말고사에 합산하겠다고 엄포를 놓았다. 나는 고민하다가 가끔씩 일관성이라고는 찾아볼 수 없는 엄마의 모습을 떠올렸다.

큰언니의 옷은 둘째, 셋째 언니까지 되물림 되었지만 나한테까지 내려오지는 않았다. 그 덕에 나는 새 옷을 입게 되는 경우가 많았다. 언니들이 투정하면 엄마는 기계처럼 똑같이 말하곤 했다. 셋째까지 입히고 나면 옷이 낡아서 막내는 입을 수 없다고. 엄마는 평소에는 돈을 아끼면서도 옷에 있어서만큼은 아끼는 법이 없었다. 물론 그때는 언니들도 나도 엄마가 왜 그랬는지 깊은 속내(태어나자 마자 죽을 뻔한 것에 대한 죄책감)를 알지 못했다. 그 덕에 나는 언니들의 미움을 한 몸에 받았다. 그들은 내가 자신들의 시계와 학용품에 손대는 걸 참지 못했다. 언니들은 내 버릇을 고쳐 놓겠다며 나를 때렸다가 엄마한테 죽도록 맞았다.

기가 살대로 산 나는 언니들이 없을 때 아기자기한 언니들의 학용품들을 슬쩍슬쩍 훔쳤다. 그중에 내가 가장 눈독을 들인 건 둘째 언니의 분홍색 캐릭터 우산이었다. 그 우산이 너무나 가지고 싶어서 여러 물물교환 작전을 펼쳤지만 언니는 눈도 깜짝하지 않았다. 비가 오는 날이면 멋진 우산을 펴고 대문을 나서는 언니의 뒷모습을 멍하니 바라볼 수밖에 없었다. 엄마에게 매달려 우산을 사 달라고 졸랐지만, 그럴 때마다 엄마는 시커먼 우산들을 가리키며 무슨 우산을 또 사느냐며 잔소리만 늘어놓았다.

며칠째 비가 오던 그날도 나는 역시나 우산 타령을 하고 있었다. 그런데 평소와 달리 엄마의 눈빛이 묘했다. 엄마는 내일 언니의 우산을 한 번 들게 해 줄 테니 더 이상 우산 때문에 고집을 피우지 않을 수 있겠느냐고 나즈막하게 제안했다. 한 번이라는 게 마음에 걸렸지만, 마음과 달리 몸은 이미 격하게 반응하고 있었다. 그러면서도 의구심은 멈추지 않았다.

'등교 시간이 두 시간이나 빠른 언니가 비가 오면 먼저 들고 가버릴 텐데. 도대체 엄마는 어떻게 들게 해 준다는 거지?'

다음 날 나는 격앙된 목소리에 눈을 떴다. 언니는 온갖 짜증을 내며 우산을 찾고 있었다. 엄마는 시커먼 우산을 건네며 등교를 종용했고, 둘째 언니가 툴툴거리며 학교에 가자마자 엄마가 나를 향해 씨익 웃었다. 엄마는 나를 어둡고 습한 보일러실로 이끌었다. 보일러실 깊숙한 곳에 언니의 분홍 우산이 떡하니 있었다. 나는 와락 엄마를 끌어안았다. 온몸에 힘을 주며 우산을 켰다. 자동우산 버튼의 감촉과 진동이 내 가슴 깊숙한 곳에 와닿았다.

그날 나는 세상의 모든 걸 다 가진 사람처럼 등교했다가 세상의 모든 걸 잃은 사람처럼 하교했다. 더 이상 그 우산을 들 수 없다고 생각하니 집으로 향하는 발걸음이 천근만근 같았다. 그런 내 마음을 아는지 모르는지 엄마는 현관에서 그 우산을 받아들자마자 빗물을 털어 낸 후 마른 걸레로 닦기 시작했다. 엄마는 우산을 언니 방 한구석에 세웠다. 그렇게 엄마와 나는 완전범죄에 성공했다.

하지만, 사람의 욕심은 끝도 없는 법이다.

구체적인 방법을 깨우친 나는 단독범행을 결심했다. 며칠 뒤 비가 온다는 소식이 들리자 나는 또 한 번 언니의 우산을 보일러실에 숨겼다. 그리고 뛰는 가슴을 진정시키며 잠이 들었다. 다음 날 잠에서 깬 나는 창문을 열어젖혔다. 창밖에선 신나게 비가 내리고 있었다. 신발장을 보니 언니는 벌써 등교를 하고 없었다. 안도의 한숨을 내쉬며 부엌으로 들어서자 엄마가 나를 무섭게 노려보았다. 돌아가는 상황을 모르는 셋째 언니는 꾸역꾸역 아침밥을 먹고 있었다. 엄마는 좋은 말로 할 때 오늘은 다른 우산을 들고 가라고 했다. 하지만 그 말이 귀에 들어올 리 없었다. 나는 보일러실에서 국보급 검을 모셔오듯 우산을 가지고 왔다. 우산을 때리는 빗소리에 흠뻑 취해 대문을 나서는 순간 누군가 내 목덜미를 잡아챘다.

"넌 줄 알았어! 이게 진짜!"

굳이 돌아보지 않아도 나를 잡아챈 사람이 누구인지 단박에 알 수 있었다. 나는 눈을 질끈 감았다. 언니는 엄마가 뛰어 내려올 때까지 우산으로 인정사정 볼 것 없이 나를 쳤다. 언니는 지각을 각오하고 범인을 색출해 낸 집요함으로 엄마에게 빗자루로 죽도록 맞았다. 우리 가족이 만약 미국에서 살았다면 엄마와 언니는 현행범으로 체포되었을 것이다. 어쩌면 나는 캐릭터 우산이 많은 집으로 입양됐을지도 모르고.

그렇게 아침부터 진을 뺀 나는 수업이 끝나고 힘없이 집으로 돌아왔다. 그때 엄마가 다시 한 번 빗자루를 들고 달려들었다. 순간 놀라긴 했지만, 아침 사건에 대한 화가 안 풀린 엄마의 응징이라고 생각했다. 시간이 그렇게 흘렀는데 아직도 감정을 추스르지 못한 엄마가 야속했다. 그때까지 문구류를 살 때만 이용해야 하는 문방구 외상장부에 외상을 달고 갖은 군것질을 해 왔던 사실을 엄마가 안다는 것을 몰랐기 때문이다.

엄마는 우산 하나 때문에 자식들이 치고 박고 싸우는 게 속상한 나머지 내 캐릭터 우산을 사기 위해 우리 학교 앞 단골 문방구로 향했다. 거기까진 좋았다. 그런데 내가 엄마 몰래 해 오던 일명 '문구깡'을 엄마가 알게 된 것이다. 간혹 준비물을 잊고 학교에 갔을 때 문방구에 가서 외상을 하면 엄마가 나중에 값을 치르곤 했다. 나는 물 만난 물고기마냥 그곳을 드나들기 시작했다. 친구들을 통해 과자나 아이스크림을 먹고도 외상장부에 찰흙이나 문구류로 대체할 수 있다는 것을 배웠기 때문이었다. 그런데 하필 그날, 우산을 사러 간 엄마가 그 돈의 쓰임을 의심한 것이다. 엄마는 주인 아주머니의 자백까지 받아 낸 후 내가 돌아오기를 기다리고 있었다. 그날 나는 구타로 시작해서 구타로 하루가 끝났다. 몸도 마음도 만신창이가 된 나는 이불 속에서 긴긴 밤을 보내야만 했다. 엄마의 일관성 없는 모습에 화가 나서 잠이 오지 않았다.

"언제는 이 세상에서 나를 가장 아낀다고 하더니 주인 없는 동네 개 패듯 패지를 않나. 아니, 도대체 캐릭터 우산이 왜 날아가야 되냐고!"

국어 시간에 '일관성'을 주제로 나는 이 에피소드를 썼다. 며칠 뒤 국어 선생님이 내 이름을 호명했다. 내가 또 무엇을 잘못했나 싶어 눈치를 슬금슬금 보며 일어났을 때, 선생님은 다짜고짜 나에게 커서 무엇이 되고 싶으냐고 물었다. 그 질문은 평소에 무언가 잘못할 때마다 '도대체 뭐가 되려고 저러는지 모르겠다.'고 하소연하는 엄마의 말과 닮아 있었다. 대답이 필요하지 않은 말이라는 걸 알기에 나는 아무 말도 하지 않왔다. 친구 몇몇이 "얘, 만화 가게 주인하고 싶대요."라고 대신 대답했다.

"그것도 나쁘지 않네."

입꼬리가 살짝 올라간 선생님이 말씀하셨다. 선생님은 나에게 혹시 작가나 기자가 되고 싶은 생각은 없느냐고 물었다. 나와 아이들은 웃음이 빵 터지고 말았다. 작가나 기자는 공부를 잘해야만 할 수 있는 것이라고 생각했기 때문이다. 그러나 유일하게 선생님만 웃지 않았다. 아니, 선생님은 진지했다.

"무슨 말인지 나중에 알게 되겠지. 다 때가 있으니까."

선생님은 책을 빌려줄 테니 보고 싶으면 언제든지 교무실로 내려오라고 덧붙였다. 내가 만약 지혜롭고 현명한 사람이었다면 이 이야기는 영화 「굿 윌 헌팅」이나 「죽은 시인의 사회」 같은 스토리로 끝날 수도 있었겠지만, 나는 집에도 넘쳐나는 책을 교무실까지 가서 빌리고 싶지 않았다. 나는 끝내 교무실에 가지 않았다.

내가 졸업한 다음 해인가? 학부모들로부터 수업 방식에 끊임없이 문제 제기를 받아 오던 국어 선생님이 학교로부터 잘렸다는 소식을 들었다.

그로부터 약 20년의 시간이 흐르는 동안 나는 단 한 번도 국어 선생님을 떠올린 적이 없다. 간혹 옛 추억에 젖어 차를 타고 학교 주변을 지나갈 때도 국어 선생님을 굳이 생각하지는 않았다. 그런데 시나리오를 쓰기 시작한 어느 날, 뜬금없이 국어 선생님 생각이 나면서 가슴이 아련하게 아파 오기 시작했다. 나는 각종 포털 사이트를 통해 선생님을 찾으려 노력했지만 그 어느 곳에서도 선생님의 흔적을 찾을 수 없었다. '치열한 교육 현실과는 너무나도 다른 교육 철학을 가졌던 선생님이 이민을 간 것은 아닌가?' 하는 생각마저 들었다.

나는 국어 선생님이 어디선가 이 글을 읽을 수도 있다고 생각한다.

내 기억은 우리에게 글짓기를 시킨 후 창밖을 내다보던 선생님의 모습에 머무른다. 나는 내 자리에 앉아 선생님이 가녀린 몸으로 혼자 버티느라 얼마나 힘들었을까를 짐작한다. 그런 상상을 해 보는 건, 내 인생의 첫 독자였던 선생님께 감사하다는 인사말은커녕 무관심으로 일관한 나 자신을 지우고 싶기 때문이다.

이미자만 나오는 신기한 방송국

엄마는 자신의 여가 활동을 위해 집안일을 조퇴하거나 결근한 적이 한 번도 없다. 그런 엄마도 유일하게 「가요무대」를 할 시간만큼은 무거운 눈꺼풀을 간신히 뜬 채 집중했다. 그러다가 당신이 좋아하는 가수가 나오면 벌떡 일어나 뚫어지게 화면을 보았다. 그 가수가 바로 이미자다.

치매가 진행되는 당사자 입장에서 보면 나같이 예민한 가족이 곁에 있는 것보다 시간을 견딜 수 있는 자신만의 일을 갖고 있는 게 더 나을지도 모르겠다는 생각이 든다. 더군다나 엄마처럼 평생 바쁘게 몸을 움직여 온 사람에게 할 일이 없다는 건 그 자체만으로도 큰 고통이 아닐 수 없다. 그래서 나는 언제나 일정 부분의 집안일을 엄마에게 배분한다. 물론 엄마가 안 보일 때 내가 다시 해야 하는 경우가 많지만 그렇게라도 기능적인 부분을 유지시키고자 노력한다. 그래야 다 씻은 수저는 어디에 두었는지, 수도꼭지는 어느 방향으로 돌아가는지를 한 번이라도 더 생각할 수 있다. 하지만 깨어 있는 열여덟 시간을 견디기에 엄마가 할 수 있는 일거리는 턱없이 부족하다.

나는 엄마가 한창 젊었을 때 아니, 남들은 삶의 여유를 누리는 40~60대 때 엄마가 해 왔던 집안 스케줄을 뚝 떼어 와 지금의 엄마에게 조금이라도 안겨 주고 싶다. 그러면 점점 속도가 느려지는 엄마의 뇌가 언제 그랬냐는 듯 스피드를 한껏 올릴 것만 같은 생각이 들기 때문이다. 특히 내가 일하고 있을 때 엄마가 어떻게 시간을 보내는지 잘 알기에 더욱더 안타깝게 느껴진다.

가슴 아픈 건 엄마는 절대 나에게 같이 있어 달라는 부탁을 하지 않는다는 것이다. 평생을 남에게 폐가 되지 않기를 바라며 살아온 사람이라 힘겹게 홀로 버티는 데 익숙하다. 나는 외출할 때나 혼자 글을 써야 할 때 엄마가 좋아하는 채널을 틀어 놓고 방을 나온다. 엄마는 그렇게 TV를 친구 삼아 시간을 버티고 또 버티다가 답답하면 거실로 나오거나 산책을 나간다.

엄마가 좀 덜 심심한 방법은 없을까 고민하던 중에 문득 좋은 아이디어가 떠올랐다. 저녁을 먹고 소화를 시킬 겸 서성이며 휴대폰으로 유튜브 동영상을 보고 있을 때, 엄마가 호

기심을 보이며 옆으로 다가왔던 것이다. 엄마가 흥미를 보인다는 사실에 들뜬 나는 엄마 옆에 바짝 다가앉으며 화면을 보여 주었다. 안타깝게도 엄마는 얼마 되지 않아 눈이 침침하다며 이내 자리에서 일어났다. 하지만 나는 이 기회를 놓치고 싶지 않았다.

"엄마, 그런데 말이야. 만약 엄마가 좋아하는 이미자가 나오면 볼 거야?"

혹시나 하는 마음에 내가 물었다.

"어데서 이미자가 나오노?"

엄마가 반색하며 자리에 다시 앉았다.

'왜 진작 이 생각을 하지 못했지?'

나는 서둘러 이미자 동영상을 검색했다. 그중 길이가 제일 긴 공연 영상을 엄마에게 보여 드렸다. 엄마는 너무나 좋아하며 이게 어떻게 여기에서 나올 수 있느냐고 온갖 질문들을 쏟으며 화면에 집중했다. 이때다 싶어 나는 방으로 올라와 일을 시작했다. 그러나 30분도 채 안 돼서 엄마가 조심스럽게 플레이 되는 휴대폰을 나에게 건넸다. 눈과 팔이 아파 더 이상은 못 보겠다는 것이었다. 아차 싶었지만, 그 가운데서 나는 무엇보다도 중요한 팁을 얻었다. 휴대폰보다 화면이 큰 노트북으로 보여드리면 될 터였기 때문이다. 나는 노트북에 이미자 동영상을 다운받기 시작했다. 다운이 다 될 때쯤 그보다 더 중요한 사실이 떠올라 힘이 쭉 빠졌다. 엄마에게 노트북을 드리고 나면 내가 작업을 하지 못한다는 사실을 잊고 있었던 것이다. 일을 하지 않을 때는 노트북으로 이미자 공연을 보여 드리면 되지만, 내가 노트북으로 일을 할 때에는 어떻게 해야 하는가? 엄마 혼자 보내는 시간을 어떻게 만들어 드릴까 걱정해 온 터라 고민이 되었다.

노트북으로 이미자 공연을 시청하는 엄마의 반응은 나쁘지 않았다. 엄마는 한 시간이 넘도록 공연을 보다가 말했다.

"근데 이 방송국은 왜 이미자만 나오노?"

"응. 엄마를 위해서 그런 채널을 찾아냈어!"

"참말로 신기하네. 다른 가수들도 많을 텐데 우째 이미자만 나올꼬?"

엄마가 화면과 나를 번갈아 보며 이야기했다. 그 눈빛은 유리 겔라가 수저를 휘게 만드는 걸 보던 눈빛과 다르지 않았다. 그 놀라움을 쭉 이어 가게 해 드리고 싶었다. 결국 나는 노트북을 한 대 더 사기로 결정했다.

엄마는 여전히 자신이 보고 있는 것이 이미자가 나오는 방송 채널이라고 생각한다. 나는 조만간 엄마가 좋아하는 나훈아와 주현미도 출연시킬 생각인데, 엄마에게 어떤 식으로 설명을 드려야 할지 고민 중이다. 엄마를 위해서 행복한 고민을 하게 만들어 준 이미자 씨에게 감사의 인사를 전한다.

나의 어머니
이영호 여사

엄마는 엄마라는 이유로 온갖 무기를 사용해 나를 체벌했고, 영하의 날씨에 밖으로 쫓아냈고, 원치 않는 곳으로 데리고 갔고, 육체 노동을 시켰고, 질리도록 잔소리를 늘어놓았다. 그럼에도 불구하고 맛있는 거 먹을 때마다 엄마가 생각나고, 좋은 곳에 갈 때마다 엄마가 떠오르고, 잠들기 전마다 엄마가 그리워지고, 엄마 생각만 하면 애틋하다. 왜일까?

"인생에서 당신이 가장 평온했던 적은 언제였나요?"

이제는 기억나지 않는 한 영화에서 나온 대사다. 평온? 평온이라……. 영화 속 주인공은 푸른 바다가 내다보이는 하얀 침대 속에서 잠든 연인을 깨우는 회상에 잠겨 있었는데, 내 머릿속 스크린은 방배동 안방에 두터운 이불을 깔아 놓고 솜을 트고 있는 엄마의 모습이 클로즈업되었다.

그날은 1983년 5월 5일, 나는 초등학교 5학년이었다. 친구들은 저마다 어린이날 선물을 자랑하기 바빴다. 우리 집은 그런 낭만적인 선물이 없다는 걸 오래전부터 몸소 체험하고 있었다. 나는 힘없이 터덜터덜 집으로 돌아왔다.

그때 엄마가 후다닥 나오더니 내 냉장고를 가리켰다. 여기서 내 냉장고란, 마당에 있는 십 여 개의 장독 중 가장 작은 장독을 말한다. 그 장독은 식구가 워낙 많아 간식과 과일이 내 순서까지 돌아오지 않는 걸 안타까워하던 엄마가 사다 놓은 것이었다. 보통 가족 몰래 엄마가 넣어 둔 음식들이 주를 이뤘는데, 그날은 딸기가 가득 든 봉투가 들어 있었다. 당시는 딸기 값이 워낙 비싸서 자주 먹기 힘들었다. 엄마는 정성스럽게 꼭지를 따서 씻어 주며 나에게 혼자 다 먹으라고 했다. 나는 피라미드처럼 쌓이는 딸기가 다 내 거라는 사실에 펄쩍펄쩍 뛰며 좋아했다. 엄마는 언니들이 볼세라 위층의 눈치를 살피며 내 손을 붙들고 안방으로 들어갔다. 엄마는 어린이날 특집 만화영화를 틀고는 이불솜을 트시기 시작했다. 나는 안방 벽에 여왕처럼 기대 앉아 딸기를 먹었다.

'이 기분은 뭐지?'

편한 것 같지만 졸리지는 않고 너무나 좋은데 막 신나지는 않았다. 나는 곧 만화영화에 빠져들었다. 그날 내가 본 만화는 「이상한 나라의 앨리스」였다. 스토리를 따라가지 못한 내가 흥미를 잃고 채널을 이리저리 돌리자, 보다 못한 엄마가 이야기를 덧붙여 주었지만 얼마 못 가 엄마 역시 앨리스에 대해 잘 모른다는 게 탄로 났다. 엄마는 다시 대바늘을 이불에 꽂았다. 여기까지가 내가 그날 떠올린 내 인생에서 가장 평온했던 날의 기억이다.

나는 앨리스와 같이 순간 이동을 한 것처럼 32년 전 내가 기댔던 벽에 기대 이 글을 쓰고 있다. 지금 내 앞에는 목화솜 이불이 아닌 오리털 이불을 덮고 잠든 엄마가 있다. 그날 내가 엄마에게 한 질문이 기억에 남는다.

"엄마, 어떻게 앨리스는 다른 세계로 넘어 갈 수가 있었지?"

엄마는 두서없이 불교의 윤회사상에 대해 이야기했다. 엄마의 대답 때문에 머릿속이 엉켜 버렸지만 희한하게도 그 이야기가 오랫동안 내 기억에서 지워지지 않았다.

그래서일까? 나는 자연스럽게 연기론과 윤회사상에 깊은 관심을 갖게 됐다. 그날, 「이상한 나라의 앨리스」에 대해 잘 모르는 엄마가 윤회사상에 빗대어 그것을 나에게 설명해 준 이유는 무엇일까? 당시 엄마가 보던 책이 불경밖에 없었기 때문인지, 아니면 큰 관점으로 보았을 때 연기론의 결과인 건지는 잘 모르겠다. 인생에서 크게 맞닥뜨리게 되는 것들은 생각할수록 꼬이고 꼬여서 파고들려 하면 할수록 잘 모르겠는 법이니까. 하지만 나는 큰 관점에 조금은 순응해 보고자 이 글을 쓰기 시작했다. 그리고 엄마가 다음 세상으로 떠나는 날, 이 책을 손에 쥐어 드리기로 마음먹었다. 비록 내가 앨리스의 조력자처럼 엄마 옆에서 길을 걷지는 못하지만 엄마가 책을 한 장 한 장 넘겨 보며 외롭거나 지루하지 않은 채로 다음 세상에 갈 수 있으리라 생각되기 때문이다. 부디 그곳에서 이 책을 읽으면서 엄마가 나를 잊지 않고 기다렸으면 좋겠다.

그렇게 엄마의 마지막 모습을 그려 볼 때마다 내가 이 세상에서 가장 두려워하는 일은 장편영화를 스크린에 올리지 못하고 영화를 포기하는 일도, 결혼도 하지 못하고 고독사하는 일도, 천재지변에 휩쓸리는 일도 아니라는 것을 몸소 느낀다. 솔직히 지금까지 언급한 모든 것들이 두려웠다. 그런데 엄마를 통해 세상의 이치라는 것을 알게 된 후로는 그런 건 그다지 중요한 문제가 아니라는 것을 알게 되었다. 대신 내가 가장 두려워하게 된 것은 내가 아끼는 사람들과 마지막 작별인사도 나누지 못한 채 헤어지게 되는 상황이다. 물론 그 생각의 중심에는 언제나 엄마가 있다. 그런 긴박한 상황을 떠올리면 전화상으로라도 마지막 인사를 해야 하고, 그러려면 언제나 인사가 준비되어 있어야 한다는 생각이 들었다. 나는 엄마와 어떤 인사를 마지막으로 하면 좋을지 생각해 보기 시작했다.

"엄마 고마웠고 감사했어요." 식의 인사는 과거형이고, "엄마 사랑해." 식의 인사는 현재형이라서 마음에 들지 않았다. 나는 그날이 마지막이 아닌, 또 다른 시작이라고 생각하기 때문이다. 그래서 내가 찾은 마지막 인사말은 바로 이것이다.

"엄마, 다음 세상에서 또 만나자."

마지막 인사말을 고르고 보니 그때쯤이면 엄마는 당신의 의지로는 인사를 못할 것 같다는 생각이 들었다. 그래서 나는 엄마의 컨디션이 가장 좋았던 어느날 커피를 들고 바짝 다가앉았다. 엄마는 의미심장한 눈빛이 부담스러운지 "와 이카노? 답답하구로!" 하며 옆으로 비켜 앉았다. 나는 다시 다가앉으며 운을 뗐다.

"엄마, 엄마가 생각하기에 우리는 참 좋은 인연인 것 같지?"

엄마가 커피를 한 모금 마시고 대답했다.

"그걸 말이라고 하나?"

"그렇지? 나도 그렇게 생각해. 그러니깐 우리 다음 세상에서도 다시 꼭 만나자!"

나는 엄마에게 손가락을 내밀었다. 엄마는 내 눈치를 살필 뿐 답이 없었다.

"왜? 만나기 싫어?"

"만나지 말자!"

"왜? 나 만나기 싫어? 아까는 좋은 인연이라며!"

엄마는 서운해하는 나를 물끄러미 보다가 입을 열었다.

"나야 꼭 만나고 싶지. 근데 여서도 이리 니한테 짐이 되는데. 고마, 니는 다음에 더 좋은 부모 만나서 편하게 살아라."

전혀 예상치 못했던 엄마의 답변에 순간 나도 모르게 눈물이 왈칵 쏟아졌다. 엄마가 치매 판정을 받은 날도, 엄마를 몇 시간 만에 뒷산에서 찾아낸 날도 그날처럼 펑펑 울지는 않았다. 그동안 대부분의 상황은 내가 눈물을 삭힐 수 있는 시간이 있었다. 그러나 그날은 너무나 갑작스러워 도망갈 곳이 없었다. 엄마는 원 없이 울라는 듯 물끄러미 지켜보기만 했고, 나는 그런 엄마를 보며 생각했다.

'당신이 준 것은 하나도 생각하지 않고 어떻게 받은 것만 이렇게 생각할까? 어쩌면 사람이 이럴 수 있지? 엄마도 사람인데…….'

다시
사람이 된다는 것

인생에는 지우고 싶은 순간이 있다. 어린 시절 친구들과 하교 중에 머리에 찜통을 이고 나를 부르는 엄마를 외면했다. 치장이라곤 전혀 하지 않고 장사꾼처럼 보이는 엄마의 모습을 보고 모른 척 고개를 돌린 것이다. 엄마는 더 이상 나를 부르지 않았다. 엄마는 집에 돌아온 나를 평소처럼 대했다. 그 일이 있고 30년이 지나도 그 순간은 잊히지 않는다. 얼마 전 나는 엄마에게 뒤늦은 사과를 했다. 그러자 엄마가 씨익 웃으며 말했다.
"그 나이엔 그럴 수 있지."

인생의 결정적인 순간은 한 편의 영화처럼 운명적으로 다가온다. 과거에는 내 결정적인 순간이 영화 「원스 어폰 어 타임 인 아메리카」를 보았을 때라고 생각했다. 그 영화를 다 보고 자리에서 일어나는 순간, 언젠가는 내가 '저런 일'을 하고 있을 거라는 느낌을 강하게 받았다. '저런 일'에 기획과 연출과 제작과 촬영 등 온갖 분야가 따로 있다는 사실조차 몰랐던 고등학생 시절이었다. 그날부로 내 꿈이었던 만화가게 주인은 역사의 뒤안길로 사라졌다. 이후 광고 일과 영화 일에 내 가치를 펼쳐 보이려고 오랫동안 발버둥쳤다. 하지만 인생의 결정적인 순간은 그때가 아니었다. 결정적인 순간이라

함은 외적으로 엄청난 변화의 틀을 세우거나, 내적으로 큰 성장의 뿌리가 생겨야만 했는데 그 일을 하는 동안에는 그렇지 않았다. 자식에게 헌신하는 부모님께 의지한 채 나 자신만의 욕망과 감정에 충실했다. 그게 충족이 안 될 때는 온갖 변명거리를 갖다 붙였다.

18년 뒤 또 다른 결정적인 순간이 찾아왔다. 다름 아닌 엄마의 치매. 처음에는 왜 이런 고통스러운 상황이 나에게 왔을까 싶어 신을 원망했다. 반납하고 싶다고, 반납이 안 되면 교환이라도 해 달라고 간절히 기도했다. 하지만 신은 결코 그런 기도를 들어 주지 않는다. 대신 생각하지도 기대하지도 않았던 순간을 안기며 이 시간들이 내 삶에 아주 중요하고도 소중한 순간임을 알려 준다. 조금씩 나는 엄마의 치매 판정이 내 삶의 결정적 순간이라는 것을 알게 되었고, 그것을 가까스로 움켜잡을 수 있었다.

그 사실을 깨닫게 되자 내 시간을 치매 걸린 엄마에게 희생하거나 맞추는 게 아니라는 걸 알게 되었다. 촘촘하게 정해 놓은 일상의 규칙에서 조금씩 자유로워진다는 것도. 그 자유로움은 다시 엄마에게 나를 데려다 줬다. 그렇다고 내가 내세울 만큼 커다란 효도를 하고 있다고도 생각하지 않는다. 세상에는 열악한 환경 속에서도 부모에게 최선을 다하는 자식들이 너무나 많다. 나는 그저 내 목표, 내 삶을 위해 살고 있다. 그 중간에 잊지 않고 엄마의 상태를 살펴보거나 하루 한두 번의 식사와 약을 챙겨 드릴 뿐이다.

내가 대책 없는 낙관론자로 살았을 때 만났던 친구들은 하나같이 치열한 영화 일이 나를 변화시켰다고 말한다. 하지만 나는 인생에서 나와 가장 오래된 관계인 엄마를 통해, 엄마의 치매를 통해 변하고 있다고 생각한다. 그 과정 속에서 내가 누구이고, 어디로 가고 있으며, 어떻게 방향을 틀 수 있는지 알게 된 것이다. 그렇게 삶의 균형점을 재조정하는 과정은 결국 외할머니가 그토록 바라던 '사람'이 되어 가는 과정이었다. 사람이 자기 구실을 한다는 게 얼마나 어려운 일인지, 그 구실 중 가장 기본인 자식 구실을 한다는 게 어떤 것인지 간신히 눈을 뜨기 시작했다. 그런 중요한 구실도 못 하는 내가 애인 구실, 친구 구실, 감독 구실을 잘 할 수 있다고 우기는 건 부끄럽기 그지없는 짓이다.

다른 사람은 몰라도 나는 자식 구실을 잊고 살아서는 안 되는 사람이다. 부모님은 부족한 내게 너무나 과분한 분들이기 때문이다. 두 분은 기가 막히게 각자 다른 역할로 내게 영향을 미쳤다. 어릴 적 아빠는 두 팔로 힘차게 나를 안아서 세상을 보게 해 주었고, 엄마는 두 팔로 나를 안아서 사람의 가슴속을 보게 했다. 덕분에 나는 인간으로 태어나 그대로 살다 죽지는 않을 거라는 확신이 들기 시작했다. 나는 종국에 더 사람다운 사람이 될 것이며, 그 과정을 내 영화에도 잘 담을 수 있을 거라는 자신감이 생겼다. 나는, 나에게 이러한 자신감을 심어 준 엄마가 인생의 허망함보다는 뿌듯함과 사랑을 품고서 저세상으로 가기를 간절하게 기원하기 시작했다.

엄마와 나,
우리들의 해피엔딩

2013년 12월에 시작해서 2015년 9월에 마무리를 지은 글들이 곧 세상에 나온다. 지금은 삼삼오오 단풍놀이를 떠나는 2017년 10월이다. 엄마가 하동으로 내려간 지 벌써 2년 하고도 한 달이 지났다. 엄마는 그동안 아무도 모르게 집을 나갔다가 넘어지는 바람에 얼굴, 목, 팔, 다리 등에 엄청난 멍이 들었던 사건을 제외하고는 그럭저럭 잘 지내고 있다. 놀란 가슴을 부여잡고 내려갔을 때, 엄마의 모습은 누가 봐도 딱 12라운드를 뛴 복서 같았다. 정말이지 가슴이 찢어지게 아팠지만 그보다는 한집에 사는 아빠는 그동안 대체 뭐했나 싶은 생각에 울화통이 치밀었다. 하지만 죄책감에 어쩔 줄 몰라 하는 아빠에게 도저히 화를 낼 수는 없었다.

그런데 세상일이란 게 묘한 반전을 가지고 오는 경우도 있는 법이다.

다친 엄마를 모시고 진주의 한의원에 들어갔을 때 대기실에 앉아 있는 사람들이 수군거리며 나를 노려보았다. 한 아줌마는 "아이고, 어르신이 누구한테 이렇게 맞았을꼬?" 하며 엄마를 매만졌다. 분노가 섞인 그 분의 목소리와 눈빛을 본 사람이라면 분명하게 알 수 있었을 것이다. 그건 "네가 네 엄마를 죽도록 팼구나!"라는 말을 돌려서 했다는 것을.
순간 나도 모르게 얼굴이 화끈거렸다. 그 한의원을 2년간 꾸준히 다니지 않았더라면 나는 그 근처를 얼씬도 하지 않으려고 했을 것이다. 나는 그런 오해를 받을까 봐 1시간 가까이 치료받는 엄마의 가슴을 매만지며 "엄마, 이제 딱 3분밖에 안 남았어. 잘 참아! 여기 한의원이 엄청 유명해서 이렇게 몇 번만 맞으면 엄마 병이 싹 나을 거래."라고 반복해서 말하곤 한다. 물론 아직도 20분이나 남았고, 아무리 침을 맞아도 엄마 병이 완치될 리는 만무하지만.
하지만 그렇게라도 하지 않으면 엄마가 침을 맞고 있다는 걸 잊고 벌떡벌떡 일어나기 때문에 어쩔 도리가 없다.

며칠 전에는 아빠가 심각하게 물었다. 한의원에는 도대체 왜 다니는 거냐고. 갑작스러운 질문에 나는 바로 답할 수 없었다. 그러고 보니 친척들도 가끔 내게 하던 질문이었다. 그때마다 나는 "그냥요."라고 답하기 일쑤였다. 그런데 아빠까지 그렇게 묻는 순간, 알 수 있었다. 무엇하러 낫지도 않는 병을 고치려고 왕복 몇 시간씩 그렇게 고생하며 다니느냐는 뜻이라는걸. 4시간 가까이 운전해서 하동에 내려와 엄마와 시간을 보내기만 해도 아무도 뭐라고 하지 않는데, 나는 왜 굳이 한의원까지 다닐 생각을 했을까? 그곳에 다니면 진짜 치매가 낫는다고 생각했던 걸까? 그게 아니라면 왜 나는 그곳에 가야겠다고 마음먹었을까?

12년 전, 영화 현장 스케줄을 소화하느라 면역력이 현저히 떨어진 나를 그 한의원까지 데리고 가서 약을 지어 준 것이 바로 엄마였다. 딱히 병이 있는 것도 아닌데 한약을 지으러 가자는 엄마의 말에 짜증을 냈던 기억이 난다. 그때 엄마는 "한의사 선생님이 엄청 용한 사람이다. 한 번만 따라가서 맥만 짚어 보고 오자."고 노래를 불렀다. 그날 우리 모녀는 나란히 병상에 누워 침을 맞았다. 나는 온몸이 거짓말처럼 개운해지는 걸 느꼈지만 서울에서 다니기에는 거리가 너무 멀었기에 다시 가지는 못했다. 그런데 엄마가 하동으로 내려가자 그 한의원 생각이 났던 것이다. 이번엔 내가 "엄마, 그 선생님이 엄청 유명한 사람이래. 한 번만 가 보자." 하며 설득했다. 간혹 대기 시간이 길어질 때는 그냥 집에 가자며 짜증을 낼 때도 있지만 "엄마, 조금만 기다리면 내가 전복죽 사 줄게."라고 말하면 대부분 들었던 엉덩이를 다시 붙인다. 가끔씩 그런 엄마를 보면 눈물이 고인다.
내가 걱정되어서 억지로 그곳에 데리고 왔던 그때, 그 시절의 엄마가 그리워서.

나는 한동안 만나지 못했던 친구에게 지금의 감회를 이렇게 설명한 적이 있다.
"첫 장편영화를 스크린에 올리면 나를 잘 모르는 사람들은 그 해가 내 인생에서 최고의 해라고 입을 모아 말할 거야. 하지만 내 삶에서 가장 중요한 해는 올해였고, 잘 정리할 수 있도록 도와 주신 신께 너무나 감사드려. 인생의 한 페이지가 넘어간 느낌이 드니까."
온 우주를 다스리는 모든 신께 감사를 느끼기에 나는 하루도 거르지 않고 매일 밤 기도를 한다. 기도 없이 그냥 자고 싶을 때도 있지만, 15분이라는 짧은 기도가 만들어 내는 엄청난 기운을 알기에 도저히 그럴 수 없다. 그래서 졸음이 쏟아지는 얼굴을 부여잡고서 천수경을 읽으며 엄마의 건강을 위해 기도하는 것이다. 간절히 기도한 효과가 있었는지 묻는다면 그렇다고 자신 있게 답할 수 있다. 내 우려와 달리 나 없이도 엄마가 잘 지내고 있기 때문이다. 또한 어설픈 효도로 나에게 욕만 먹었던 둘째 언니도 지금은 앞장서서 나의 짐을 덜어주고 있다. 무엇보다 아버지의 변화가 기적 같다. 솔직히 아빠는 좋은 가장은 몰라도 좋은 남편과는 거리가 멀었다. 그런데 요즘은 마치 그 소리를 한꺼번에 모두 듣겠노라 마음먹은 사람처럼 행동한다. 그런 아빠의 변화는 낯설고도 신기하다. 곰곰이 생각해 보면 그 또한 정반합의 이치고 순리의 한 모습이 아닌가 싶다. 얼마 전 셋째 언니는 일주일 동안 엄마와 시간을 보냈다. 우리 가족이 이렇게 돌아가며 십시일반인 이유는 단 하나다.

엄마를 요양원에 보내지 않고,
최대한 가족이 책임지겠다는 것.

겨우 이 한 문장을 말하기 위해 난 앞서 수많은 말들을 늘어놓았다. 세상에 우리 가족 말고 힘주어 이 문장을 말하는 사람이 있다면 어려움만 존재하는 것은 아니니 힘겨워하지만은 않았으면 좋겠다고 말하고 싶다. 보고 듣고 느끼게 될 것이다. 부모님을 위한다고 생각했던 그 모든 일들이 결국 자신을 위하는 것이며, 곧 자신에게 작은 기적이 일어나게 될 것이라고.

홈캠으로 엄마를 한번 본다. 거실에는 불이 꺼져 있고 엄마가 침대에 잠들어 있다. 아빠는 오늘도 잊지 않고 엄마 방 스탠드와 화장실에 불을 켜 놓았다. 어디에서든 엄마 상태를 확인할 수 있다는 사실에 고마움을 느끼며 시간이 날 때마다 휴대폰으로 하동의 엄마를 지켜본다. 엄마가 너무 장시간 침대에 누워 있으면 적극적으로 개입하여 산책이라도 나가라고 말씀드린다. 처음 스피커로 내 목소리를 들었을 때 엄마는 깜짝 놀라 벌떡 일어나 산책을 갔다. 하지만 지금은 스피커에서 들리는 말일 뿐이라는 것을 잘 알고 있다. 이제 엄마는 나에게 잔소리 좀 그만하라고 대답하거나 묵묵부답으로 일관할 때도 있다. 그것은 엄마의 컨디션이 좋지 않다는 신호다. 그럴 때면 나는 아빠나 주위의 친척분들에게 전화를 걸어서 억지로라도 엄마가 산책을 나갈 수 있게 해 달라고 말씀드린다. 친척들은 처음에는 딸들이 너무 유난을 떤다고 생각하는 듯했다. 나는 엄마를 보살펴 주시는 마음에 보답하고자 시골에 갈 때는 빈손으로 가지 않았다. 부모님을 위해 음식을 사면서 주위 분들 것도 챙겨서 꼭 인사를 드렸다. 비용이 부담스러울 때도 있지만 그분들을 통해 엄마가 누워 있는 시간이 조금이라도 줄어든다면야 그 비용은 조금도 아깝지 않았다.

어느날 아빠에게 전화가 걸려 왔다. 서울 친구들을 하동 집으로 초대하고 싶은데 엄마가 부담된다는 것이었다. 고민 끝에 엄마를 모시고 1박 2일로 여행을 가기로 했다. 나는 여행지를 통영으로 정하고 숙소를 예약했다. 바다가 보이는 숙소에 들어서자 엄마는 아이처럼 좋아했다. 그날 우리는 저녁을 거하게 먹고 숙소 1층의 테라스에 앉아 차를 마셨다. 엄마는 은은하게 흐르는 팝송과 살랑거리는 바닷바람이 낯설면서도 좋은 눈치였다. 엄마는 자신을 유심히 살피는 내 눈과 마주치면 수줍게 웃었다. 문득 엄마의 사랑스러운 모습이 영원하지 않을 거라는 생각이 들었다. 나는 엄마를 촬영하기 시작했다. 그날의 아름다움과 평온함을 기계에라도 의지해서 보관하고 싶었다. 평소 동영상 촬영을 할 때 엄마의 목소리를 많이 담으려고 두서없이 대화를 유도하곤 한다. 그런데 그날은 그냥 있는 그대로, 엄마가 느끼는 그대로의 모습을 담고 싶었다. 나는 딴청을 피우면서 촬영을 이어 갔는데, 어느새 배경음악이 비틀즈의 「렛 잇 비」로 바뀌어 있었다. 절묘한 타이밍에 나오는 음악에 그만 눈물이 왈칵 쏟아졌다. 나는 얼른 고개를 돌렸다.

방황할 때나 암흑 속에 있을 때 어머니께서 들려주는 지혜로운 이야기. 언제나 섭리에 역행치 마라. 모두에게 대답이 강요된 세상. 이 세상을 사는 상심한 사람들에게도 언제가 해결책은 오리니. 혹시 헤어지더라도 다시 만날 기회는 필연코 다시 오리니. 순리를 벗어나 서둘지 마라. 칠흑 같은 밤이라도 한 줄기 불빛만은 밝을 때까지 비추리니, 렛 잇 비.

노래가 끝날 때쯤 슬픔의 눈물은 기쁨과 감사의 눈물로 바뀌어 있었다. 한 편의 무성영화 주인공 같은 표정을 짓고 있는 엄마의 마음을 읽었기 때문이다. 엄마는 나의 간절한 꿈을 알고 있었다. 내게 아직 기회가 오지 않았다는 것을, 내가 몸부림치고 있는 중이라는 것을. 엄마는 내가 좌절하지 않도록 기회의 자리를 만들어 주고 싶었던 것은 아닐까? 엄마를 촬영하는 동안 나는 알 수 있었다. 그 동영상이 내 인생 영화가 될 것이라고. 가끔씩 엄마가 그립거나 마음을 다스리고 싶을 때 그 영상을 꺼내 본다.

나는 엄마와 나의 이야기가 해피엔딩이 되기를 간절하게 기도한다.

마지막으로

사람답지 못했던 시절에도 변함없는 모습으로

내 옆을 지켜 준 분들께 감사의 인사를 전한다.

사랑하는 부모님과 가족들

존경하는 강남대학교 안귀여루 교수님

호주에 있는 오경은과 김정호 교수님

먼저 출세해 버린 김태성 촬영감독님과 양연영

아름다운 배우이기 이전에 훌륭한 사람이었던 故 이은주

아끼는 친구 최보미와 조규형 부부, 최상미와 이준혁 부부

조혜진과 오범석 부부, 진희원, 박영아, 홍성은

깊은 신뢰의 눈빛을 보내주는 stella 서윤정 실장님

L&B 인베스트먼트 이상희님

스튜디오 삼십삼도 김지영 실장님, 김지수 미감님

이용옥&최임 미감님, 정경애, 장우정, 김미나, 허선미

박준규, 이정복, 류선규, 남동협, 박상훈, 오영석 PD님

사회생활의 큰 버팀목이 되어 주신

잉카커뮤니케이션 강덕웅 대표님

엠엠 파트너스 이종국 대표님, 정지영 실장님, 김민선 팀장님

애정 어린 조언을 아끼시지 않는 상상필름 안상훈 대표님

이정배 이사님, 타임와이즈인베스트먼트 강원숙 수석심사역님

크리픽처스 정종훈 대표님, 서가연님

88애비뉴 김요환 대표님, (주)oal 김이정 이사님
묵묵히 같이 밥 먹는 최진오 군, 그리고 백추야 여사님, 최진해
김기선 화백님
긴 세월 엄마의 친구이자 동생이셨던 신난희 여사님과 김은영
현재 진심을 다해 엄마를 돌봐 주시고 계신 김은숙, 최득숙 선생님
20년 넘게 엄마와 우리 가족의 헤어를
담당하고 계시는 박현우 원장님
나눔 정신과 허시영 원장님과 간호사님들
진주 중국한의원 장홍덕 원장님
바른 사회생활의 잣대가 되신 오광석 사장님
이성주 상무님, 곽현우 강사님
깨우침 주신 진화 스님과 남일 스님
봉은사 선재 10연등의 도반님들
출판사 반비 김희진 부장님, 그리고 김은화 씨
마지막으로, 개인 문서파일로 묻힐 뻔했던
이 글의 가능성을 알아주신
판미동의 강성봉 차장님, 장미 대리님 외 관계자 여러분

— 하윤재

엄마, 나는 잊지 말아요

1판 1쇄 펴냄 2017년 11월 28일
1판 2쇄 펴냄 2018년 2월 16일

지은이 | 하윤재
발행인 | 박근섭
책임편집 | 장 미
펴낸곳 | 판미동

출판등록 | 2009. 10. 8 (제2009-000273호)
주소 | 06027 서울 강남구 도산대로 1길 62 강남출판문화센터 5층
전화 | **영업부** 515-2000 **편집부** 3446-8774 **팩시밀리** 515-2007
홈페이지 | panmidong.minumsa.com

도서 파본 등의 이유로 반송이 필요할 경우에는 구매처에서 교환하시고
출판사 교환이 필요할 경우에는 아래 주소로 반송 사유를 적어 도서와 함께 보내주세요.
06027 서울 강남구 도산대로 1길 62 강남출판문화센터 6층 민음인 마케팅부

© 하윤재, 2017. Printed in Seoul, Korea
ISBN 979-11-5888-337-9 03810

판미동은 민음사 출판 그룹의 브랜드입니다.

내 인생의 가장 오랜 친구, 엄마